... denn ich bleib' immer Deine Mutter

... denn ich bleib' immer Deine Mutter

B. Koischwitz

2. Auflage
Verlag B. Koischwitz
Am Hanig 15
35075 Gladenbach-Römershausen
Tel./Fax: 06462/2123

Illustrationen: Brigitte Koischwitz
Satz: pictura GmbH, Lich
Druck: Clausen & Bosse, Leck
ISBN 3-925602-13-5

Inhalt

Zum Geburtstag (Gedicht) 7
Mutter einer Tochter 9
Rosa Träume 11
Ein Anruf (Gedicht) 15
Brief an die Tochter 16
Jahre der Ruhe 26
Teekännchen (Gedicht) 29
Die starke Mutter 30
Die Nachricht auf der Treppe 36
Schwester Gerdas Patientin 54
Das Treffen 62
Mutter sein (Gedicht) 69
Adele 70
Das Wiedersehen 74
Beruf Mutter 92
Gesine 95
Die Tasse 126
Die Hand einer Mutter (Gedicht) 129
Heißgeliebter Muttertag... 130
Die kleine Königin 132
Muttertag (Gedicht) 145
Süße Erinnerungen 146
Gedanken, die ich in den Himmel schickte 148
Der Ring meiner Mutter 155

Zum Geburtstag

Ein Geschenk habe ich nicht
Nur dies kleine Gedicht
Doch wird es zum Schatz
an diesem Platz,
wenn ich die richtigen
Worte find,
denn Du bleibst immer
mein Kind.
Doch sollte dich mal der
Strom des Lebens fressen.
Und Du mich dabei ein
bißchen vergessen,
schipper ich hinter Dir her,
wie ein kleiner Kutter,

...denn ich bleib' immer
Deine Mutter.

Mutter einer Tochter

Ich kann mich noch haargenau an den Augenblick erinnern, als man mir das zarte nackte Wesen in den Arm legte, rot und ein bißchen verschrumpelt:
„Sie haben ein Mädchen, eine Tochter geboren!“
Solche Momente im Leben sind meist dermaßen überwältigend und unfaßbar, daß man im Augenblick des Geschehens ihre Größe nicht einordnen, geschweige begreifen kann.
Ich weiß nur noch, daß ich diesen kleinen Nackedei wie ein großes Wunder anstarrte und vor lauter Verwirrung alle Mühe und Schmerzen der letzten Stunden sofort vergaß.
„Meine Tochter“, weihevoll habe ich diese Worte gesprochen, als wollte ich mir eine völlig neue Welt einprägen, und das war es ja auch.
Ich, die ich bis zur Stunde selbst Tochter war, hatte nun eine Tochter. Ein vollkommen normaler Vorgang, der täglich tausendfach passierte. Für meinen mir bedeutungsvollen Lebenskreis jedoch ein überaus wichtiger und besonderer Abschnitt.
Ich hatte nicht nur eine Tochter im Arm, von diesem Augenblick an war ich auch Mutter:
Mutter einer Tochter!
Die Natur hatte mir einen Menschen anvertraut, für den ich, zusammen mit seinem Vater, voll verantwortlich war.
Mehr sogar: absolut notwendig, unentbehrlich!
Dieses Menschlein, überfiel es mich angstvoll, schien ab-

hängig von mir, in gewisser Weise auch ausgeliefert, denn alles, was ich tun oder nicht tun würde, könnte für das Gedeihen meiner Tochter ausschlaggebend, formend sein. Wie ein Gärtner, der nur die Früchte ernten kann, deren Samen er in den Boden gesteckt hat.

Wenn ich zu dieser Zeit auch nicht derart klare Gedanken hatte wie heute, so spürte und ahnte zumindest mein Unterbewußtsein all diese Zusammenhänge.

Denn als ich mit meinem in Decken und Kissen gewickelten Baby in unserer Zweizimmerwohnung ankam, hielten Freude und Angst einander gleichermaßen die Waage.

Mein Gespür diesbezüglich bestätigte sich für die kommenden Monate. Leider reagierte ich in vielen Situationen, da ziemlich unerfahren, mit übergroßer Sorge. Doch wenn mein Kind auch viel zu zart und untergewichtig, dazu noch vollkommen zahnlos an seinem ersten Geburtstag quiekend in die Kamera lachte, hielt ich meine Tochter natürlich voll mütterlichem Stolz für das schönste Kind der Welt.

Als dann die Lauferei losging, der Kindergarten, schließlich die Schule, ließ ich mir allerhand einfallen, was ich diesem Menschlein alles in seinen Lebensrucksack packen wollte.

Somit wird eine Tochter dann Produkt ihrer Erziehung.

Aber Gott sei Dank „produktet“ es sich nicht einfach.

Sehr bald schon zeigt sich, wie gut wir gearbeitet, wie gut wir „eingegeben“ haben.

Spätestens in dem Augenblick, wo dieses anfangs zu behütende Wesen ein Eigenleben beginnt, und die starke Logik des unverbrauchten Kindes uns mit eigenen Waffen schlägt.

Immer bewußter wurde mir die kleine Welt, die mir da entgegenwuchs. Meine Tochter entwickelte sich zu einem selbständigen Menschen, der eigenständig dachte und handelte, erwachsen aus meinen Anstößen, die aber längst schon nicht mehr als die meinen zu erkennen waren.

Meine Tochter reifte zum vollen Mitglied dieser Gesellschaft.

Bald konnte auch sie Mutter sein, und alles würde wieder von vorn beginnen!

Rosa Träume

„Was fällt Ihnen in Anbetracht des Muttertages zu dem Wort Mutter ein", wurde ich im Rahmen einer Meinungsforschung gefragt.

Nun, da ich gerade von früh bis spät in meinem Garten herumkrabbelte, konnte ich nur antworten: „Mutterboden! Oder Muttererde oder Mutter Erde!"

Im ersten Moment schaute mich mein Fragesteller ziemlich irritiert an, als hätte ich mich nun wirklich in einen Gartenzwerg verwandelt und könnte an nichts anderes mehr denken.

Dabei hat dieser Begriff einen tiefen Bezug, denn ist es nicht der Mutterboden, der den Pflanzen erst die Möglichkeit bietet, zu wachsen und zu gedeihen?

Ähnlich wie die Kinder im Schoß und am Schürzenzipfel der Mutter.

Ist es nicht ein Wunder, was diese Erde vollbringt?

Wir legen ein paar unscheinbare Samenkörner in den Boden, decken sie mit Muttererde zu, und Mutter Erde macht dann was daraus.

Das Schöne ist, wir vertrauen vollkommen auf dieses Wunder, und da sind wir auch schon beim Muttertag.

Denn ist nicht eine Mutter für uns der absolute Begriff des Vertrauens? Genau dieses Vertrauen ist es doch, was für das Wachstum eines Pflänzchens nötig ist. So wird im umgekehrten Sinne eine Mutter Nährboden für das Heranwachsen und Gedeihen eines neuen Menschen.

Also war doch meine Verbindung mit dem Garten gar nicht abwegig.

Wenn dieser Muttertag auch dermaßen von der Werbung ausgeschlachtet wird, weil man eine Mutter ausgerechnet an einem einzigen Tag im Jahr mit Blumen, Seife und Pralinen zuschütten soll, finde ich es trotzdem gut, daß dieser Tag der Mutter gehört.

Vielleicht wird uns an solch einem Tag auch mal wieder bewußt wie schön es ist, Mutter zu sein. Denn Mutter sein heißt, Vertrauen zu geben, besonders, wo es um uns herum so viel nach Haß und Streit aussieht.

Ich genieße es, als Mutter auch mal einen Tag lang darauf zu bestehen, verwöhnt zu werden. So mit Frühstück ans Bett, mittags Spaghetti mit Tomatensoße und zum Nachtisch Wackelpudding.

Mein schönster Muttertag war ein rosa Muttertag.

Meine Tochter, ungefähr zwölf Jahre alt, schwelgte zu der Zeit gerade in ihrer rosa Phase. Sie kleidete sich vornehmlich rosa, und von der Zahnbürste bis zum Bleistift hielt sie alles in diesem pastellenen Ton. Deshalb wurde auch jener Muttertag in ihre Lieblingsfarbe getaucht.

Also deckte sie nachmittags im Garten unter einem rosa blühenden Busch einen Kaffeetisch mit einer rosa Tischdecke, rosa Servietten, Geschirr mit rosa Blümchen, einem üppigem Strauß rosa Rosen. Selbst ich mußte in ein rosa-weiß gestreiftes Kleid schlüpfen. Ich glaube sogar, dem Hund hatte sie eine rosafarbene Schleife umgebunden.

Den Höhepunkt der ganzen Veranstaltung bildete ein riesiger Napfkuchen, den sie selbst gebacken und mit rosa Lebensmittelfarbe vom Zuckerguß bis zu den Rosinen eingefärbt hatte.

Allein der Kaffee behielt sein sattes Braun.

Als ich den ersten Bissen von dem quietschrosa Kuchen in den Mund steckte, sträubten sich zwar erst ein bißchen meine Nackenhaare, aber dann, weiß ich noch genau, hat er herrlich geschmeckt, dieser Muttertagskuchen - so gut, daß ich ihn bis heute nicht vergessen habe.

Ein Anruf

Mein Kind
ich spüre noch
die zarte, warme
Babyhaut an meiner Wange.
Und wie hast Du so frisch
geduftet
nach dem Bad.
Dein erstes Lächeln
war der schönste
Augenblick in meinem Leben.
Dein erster Zahn,
der liegt noch hier,
wie geht es Dir?
Ich weiß,
Du hast fürchterlich zu tun,
denn wenn Du anrufst,
höre ich
Schreibmaschinengeklapper
im Hintergrund,
ich will nicht länger stören,
also bleib gesund!

Brief an die Tochter

Gerade hast Du mich angerufen, hast mich gefragt, was mit mir wäre, denn ich hätte nicht geschrieben.

Aus dem weiten, fernen Amerika hast Du mit mir telefoniert und Deine schweißgetränkten Dollar's für mich ausgegeben.

Ich danke Dir, mein Kind!

Verzeih Deiner Mutter soviel Gedankenlosigkeit.

Aber das Leben hat für mich dauernd Überraschungen parat und fasziniert mich so, daß ich oft mit weit vor Staunen geöffnetem Mund verharre.

Ja, ich verharre und lasse alles auf mich wirken.

Vor allem versuche ich, mich nicht mehr gegen das Leben zu stellen, laß es über mich hinwegrollen, daß es mich gerade ein bißchen streift, denn fühlen, fühlen möchte ich ja noch etwas.

Nur bitte ich, welche Macht auch immer über uns steht, daß es mich nicht mehr gar so hart trifft, denn meine Haut ist von dieser ganzen Lebensprügelei so wahnsinnig empfindlich geworden, jede stärkere Berührung hinterläßt bei mir gleich Wunden.

Bisher ist mein Weg auf dieser Erde bunt, voller Bewegung, ständige Aktion, stets neue Version und niemals Stagnation gewesen.

Der Mensch neigt zwar sehr dazu, das Leben zur Station zu machen, und baut alles so auf, als ob er bis in alle Ewigkeit bleibt.

Doch nichts bleibt, leider habe ich das zu spät gemerkt,

denn hätte ich früher gelernt, mit diesem Gedanken umzugehen, wäre ich vielleicht geduldiger mit mir, mit dem Leben und den Menschen umgegangen.
Eine allgemein bekannte Tatsache ist, daß gute Einsichten tragischerweise immer erst dann die Gedanken klären, wenn es zu spät ist.
Ich bin verrückt, da schreibe ich Dir so ernsthafte Überlegungen, Du wirst denken, Deine Mutter sei seelisch am Boden zerstört.
Das stimmt nicht.
Meine Gedanken wurden im Laufe der Jahre tiefer. Und obwohl ich sehr viel Schlimmes durchgemacht habe, ist mein Denken wohlwollender geworden. Mit Urteilen über andere Menschen halte ich mich sehr zurück.
Meine neue Einsicht heißt: jeder hat sein Motiv!
Mädchenträume, daß mich jemand am Postschalter anspricht, wo ich nur eine Briefmarke kaufen wollte und mir sagt, ich hätte gerade die Rolle der Elfenkönigin in seinem neuen Film bekommen, gehören der absoluten Vergangenheit an.
Warum, frage ich mich heute, bin ich jahrelang stets in vollem Ornat und kompletter Kriegsbemalung auf die Straße gegangen, selbst wenn ich nur ein Bündchen Petersilie holen wollte.
Einmal hat es sich vielleicht gelohnt, dabei gab ich mir weniger Mühe als sonst. Lediglich ein kleines Blumensträußchen aus Seide trug ich in meinem hochgesteckten Zopf.
Ich selbst hatte von dieser Augenweide rein gar nichts.
Es war an einem wunderschönen Sommertag in der Uni, als ich gerade einen der furchtbar langen Korridore von einer Vorlesung in die andere entlang bummelte.
Um mich herum drängelten sich eine Menge lernwilliger Leute, kaum einer interessierte sich für den anderen.

Plötzlich umfaßt doch ein junger Mann mit freundschaftlicher Geste meine Schultern.

„Dankeschön, ich danke dir. Dein kleiner Strauß in deinen Haaren hat mir diesen sonst eintönigen Weg verschönt, damit hast du mir den Sommer ins Haus geholt. Wünsche dir noch einen erfolgreichen Tag, du Sonnenschein dieses Augenblicks!"

Sprach's, und verschwand in der gegenüberliegenden Türe.

Rot bis hinter die Ohren tastete ich meine Blumenpracht ab. Eine wundervolle Wärme durchströmte meinen Körper, gab mir ein ganz sonderbares Gefühl.

In meinem Innern summte es wie in einem Bienenhaus, und der sicherlich wissenschaftlich wertvolle Vortrag anschließend fegte wie ein rauschender Sommerwind an meinen noch glühenden Ohren vorbei. Diese Begegnung hatte mich, obwohl ich diesen Menschen niemals wiedergesehen habe, doch tief beeindruckt.

Meine Güte, manchmal glaube ich, daß ich einfach zu intensiv lebe, zu hohe Dosierung ist in jeder Form von Übel. Das sind die Augenblicke, wo ich denke, eine Frau sollte doch besser ihre Nase im Kochtopf lassen und sich hinter Bergen von Bügelwäsche verstecken, denn wenn so eine Frau in ihren Gefühlen schwelgt, dann kommt Bewegung in manches Familienleben.

Dann purzelt alles durcheinander, da bleibt nichts an seinem Platz, auf diese Weise bin ich von meinem Platz weggetrieben.

Wie ein unlenkbares Floß in einem reißendem Wasser.

Warum bin ich nur nicht an meinem Platz geblieben?

Ein Platz, der eigentlich Sicherheit, Ruhe und ein schönes Dach über dem Kopf bot.

Warum war ich nur noch von Unruhe erfüllt und lief Nacht für Nacht wie ein Tiger im Käfig herum, um am Tage dann nach der Freiheit zu suchen.

Dabei war alles, wonach ich mich sehnte: Ruhe!
Innere Ruhe, mehr wollte ich nicht.
Ein Gleichmaß der Gedanken und Gefühle, Verständnis meines allernächsten Mitmenschen, meines Partners, er sollte mir wahrlich Partner sein und nicht nur Bett und Brot, sondern in erster Linie Gedanken und Gefühle mit mir teilen.
Eigentlich wollte ich nur ein bißchen mehr Aufmerksamkeit.
Aufmerksamkeit des Menschen, dem ich mein Leben anvertraut, geschenkt, gewidmet hatte.
So ging ich den Spuren nach, die mir Aufmerksamkeit versprachen und verließ somit unmerklich meine über Jahre gewachsene Umgebung, trat aus meiner Vergangenheit aus.
Ja, ich bin gegangen!
Meine Schritte sind ruhiger geworden!
Doch meine Gedanken kommen nie zur Ruhe. Denn in dem Moment, da ich mich immer mehr entfernte, sind mir Stationen meines bisherigen Lebens immer vor Augen geblieben.
Mit keiner Kraft der Welt ließen sich diese Stationen abschütteln, sie ließen mich nicht los. Denn erst da erkannte ich, welch großen Wert sie trotz allem für mich hatten.
Dabei handelte es sich um die berühmte Katze, die sich in den Schwanz beißt, denn nun galt meine Unruhe und Auseinandersetzung dem Verlorenen, so daß ich das eben Gewonnene wieder nicht genießen konnte.
Zurückzukehren, dazu fehlte mir der Mut.
Ich hatte einfach Angst, Angst, der unselige Kreislauf würde sich in neuer Variante wiederholen.
Es klingt merkwürdig, aber unser ganzes Tun ist scheinbar paradox, und wieso sollte gerade ich eine Ausnahme sein.
Ich weiß, ich habe Dir sehr weh getan, als ich damals das Haus verließ und Deinen Vater einfach stehen ließ.

Alle waren auf seiner Seite und sich einig, ein schlechtes Weib, diese Frau!

Eine Rabenmutter!

Vielleicht hatten sie auch irgendwo recht, denn „Ehe heißt bleiben!“ Doch ich hatte das Gefühl, daß ich dabei war, seelisch zu verhungern.

Ein bißchen mehr Zuwendung, etwas mehr von der einmal dagewesenen Zärtlichkeit...

Ich mag Zärtlichkeit, ich brauche Zärtlichkeit, jeder braucht Zärtlichkeit, es wird nur nicht immer so deutlich ausgesprochen.

Für mich liegt das größte Zeichen der Zuneigung in den kleinen Gesten. Wenn eine Hand ganz zärtlich über mein Haar streichelt...

Meine Mutter tat dies nur in ganz besonderen Augenblicken, ich weiß heute, auch von ihr hat es mir in vielen Augenblicken gefehlt.

Dein Vater war anfangs aufmerksam, zärtlich, liebevoll, zuvorkommend, wann sich das geändert hat, weiß ich nicht mehr.

All diese Kleinode der Zweisamkeit haben sich wohl im Zotteltrott des Alltags, der Gewöhnung, aufgelöst.

Dabei hat er mich einst auf Händen getragen.

Ja richtig!

Ganz lange hat er mich durch die Nacht getragen.

Ich sehe noch die düsteren Häuser und spärlich glimmenden Gaslaternen, die Beleuchtung reichte aus, daß ich seine Schweißperlen auf der Stirn glitzern sah.

Er hat tapfer ausgehalten, doch dann ging mein Gewicht über seine damals noch jungen Kräfte, und er hat mich behutsam abgesetzt.

Es ist mir, als sei es gestern gewesen.

Deutlich spüre ich noch den rauhen Stoff seiner Jacke und

rieche noch sein bescheidenes Rasierwasser, schmecke noch den ersten Kuß, den ich nie vergessen habe.

Viele Küsse haben meine Lippen danach berührt, von ihnen weiß ich kaum noch etwas, sie haben wohl mein Herz nicht mehr so tief getroffen, sie wurden zu Alltäglichkeit. Allein dieser erste Kuß liegt mir noch auf meinen Seelenlippen, als Kleinod einer schönen Zeit.

Paradox klingt sicher für Dich auch, wenn ich schreibe, daß ich unser Haus immer noch liebe, seine wohldurchdachte Anlage, die gemütlichen Räume, das feste Dach über dem Kopf, was uns vor der feindlichen Welt beschützte, der schöne Garten...

Und doch fehlte diesem soliden Gebäude eine wichtige Substanz, die Harmonie erst ermöglicht, „bewußte Liebe".

Ich fühle mich stets, wenn ich dorthin zurückkomme, um ein paar Sachen zu holen, als käme ich von einem anderen Stern.

Alles steht noch da, wie ich es verlassen habe, nur ich gehöre nicht mehr dazu.

Ich fühle mich wie ein Geist, der durch die Flure schwebt. Als würde mir die Gelegenheit geboten, noch einmal in die Welt hineinzusehen, aus der mich ein imaginärer Tod herausgerissen hat.

Und es ist wirklich etwas dran, denn die Frau, die noch vor wenigen Jahren dort einmal glücklich war, die gibt es nicht mehr.

Die kleinen Rasterchen der vielen, vielen Tage in den letzten Jahren haben Gedanken, Gefühle, Gewohnheiten verändert, haben neues Leben in die alte Puppe gepustet. So bin ich tot und neu lebendig.

Wenn ich durch's Haus gehe, weine ich.

Durch die geöffneten Fenster rieche ich die Frische des Gartens. Ich schnuppere den leicht modrigen Geruch des Kellers, ich höre die Geräusche der Türen, der Schränke, das Blubbern der Kaffeemaschine und die oberste Schublade der Vitrine ganz links, sie klemmt noch immer.

Alles sauge ich in mich auf, schlürfe ich wie einen kostbaren Trunk der Erinnerung, verbunden mit der unwiderruflichen Erkenntnis, „Es war einmal“.

Es war eine teilweise schöne Zeit!

Eine Zeit die vorbei ist, nicht wiederkommt.

Eine Zeit, die mich gehen ließ, ohne daß ich mir klar wurde, nicht mehr zurückzukehren.

Selbst wenn meine Schritte zurückgefunden hatten, mein Herz, mein Denken, mein Empfinden konnten nicht mehr Fuß fassen.

So verkrampfte ich mich bei meinen Besuchen vor Angst und Sorge, verkrampfte mich in Trauer und Hilflosigkeit und flüchtete erneut.

Ein Mensch, der sich in solchen Ängsten windet und an seiner Einsamkeit würgt, hat nur wenige Möglichkeiten. Entweder er resigniert total, um sich einem trostlosen Schicksal zu ergeben, oder er nimmt sich selbst in die Hand um sich in neue Abenteuer zu stürzen.

Abenteuer klingt ein bißchen wie Urwald mit Affen an den Bäumen und Albert Schweitzer mit hochgekrempelten Ärmeln. Dabei braucht niemand weit zu reisen, diese Möglichkeiten lauern an jedem lausigen Straßenrand und schlummern auf jeder Türschwelle, wie Katzen in der Mittagssonne.

Meist fängt es ganz harmlos an, ohne anzudeuten, wohin die Reise geht, plötzlich geht es ganz schnell immer geradeaus, weit weg und selten zurück.

Denn eine alte Sache kann man schwer besser machen, sie trägt den Makel, auf der Strecke geblieben zu sein, und mitunter trägt sie so schwer daran, daß es besser ist, einen neuen Anfang zu finden.

Was habe ich darüber Gedanken hin- und hergeschoben,

doch gehandelt habe ich selten nach meinen Gedanken, geschweige denn nach dem Verstand, stets haben mich meine Gefühle geleitet.

Meine Gedanken konnten mir klar und deutlich sagen... „Da kommst du in Deubels Küche!"

Meine Gefühle haben mit mir gemacht, was sie wollten.

Schließlich habe ich mich in meine Gefühle fallen lassen, und komischerweise bin ich dabei nicht immer in ein Loch gefallen, denn mitunter spürte ich eine rosa Wolke unter mir, und die trug mich in den siebten Himmel.

Ob es genau der siebte gewesen ist, kann ich nicht genau sagen, denn wenn man sich in luftigen Höhen befindet, zählt man nicht unbedingt die Etagen.

Und allein die Tatsache, daß ich es nicht genau weiß, ob es nun wirklich schon der siebte Himmel war, macht mich weiterhin neugierig auf dieses Leben.

Ich bin jeden Tag gespannt, was wird morgen sein.

Dazu habe ich gelernt, die Gegenwart anzunehmen, die Vergangenheit zu akzeptieren und mir wegen der Zukunft nicht mehr große Flöhe ins Ohr zu setzen.

Ich rege mich nicht mehr auf, alles kommt, wie es kommen soll.

Schau nur, meine kleine Katze, sie hätte an jedem anderen Tag ihre Jungen gebären können, was ist passiert, genau an meinem Geburtstag hat sie ihre Kinder bekommen.

Zwei kleine Wuschelknäule hat sie mir in den Kleiderschrank gelegt, vielleicht auch mir geschenkt. Ich bin so frech und bilde mir ein, sie hat es wirklich für mich getan. Welch eine Freude, wenn jemand für mich etwas tut, so denke ich, nimmt er mich wahr.

Ich freue mich darüber, wenn jemand so starkes Interesse an mir hat. Und selbst wenn es nur eine kleine Katze ist, ist es für mich ein Erlebnis, daß dieses Wesen mir so viel Aufmerksamkeit schenkt.

Wobei wir wieder bei einer alten Feststellung wären:
Aufmerksamkeit, deutliche, spürbare Aufmerksamkeit füreinander ist das Elixier einer glücklichen Zweisamkeit.
Doch viele Menschen stellen sich hin, sind stolz, überheblich, berufen sich auf Pflichten und behaupten selbstgefällig, daß sie ohne die Hilfe der anderen auskommen.
Wenn man die Schale oder besser die Mauer ihrer Arroganz anknabbert, zeigt sich meist, wie hilfebedürftig diese Sprüchemacher sind.
Ich sage hier für alle Ewigkeit, ich brauche die anderen, brauche jemand, brauche Menschen.
Ich will nicht allein sein. Ich will nicht still sein! Ich will, daß man mein Lachen hört und sich dran erfreut! Ich will, daß man meine Tränen sieht, damit sie getrocknet werden!
Ich will, daß man mein Wehklagen hört, damit ich getröstet werde.
Dafür verspreche ich, mit anderen mitzulachen, andere Tränen zu trocknen und Verzweiflungsschreie durch Trost zum Schweigen zu bringen.
Was wäre diese Welt ein Garten Eden, wenn alle Menschen sich dazu bekennen würden!
Sicher hüpften wir dann nur noch alle in weißen Kleidchen mit Blumengirlanden im Haar fröhlich über duftende Frühlingswiesen.
Herrlich!
Ich habe gesagt, daß ich es will, daß mein Lachen gehört wird, dazu kann ich sagen, ja, an meinem Lachen erfreuen sich viele, das klappt prima.
Nur meine Tränen weine ich noch still in meine Kissen, und meine Schreie bleiben oft in meinen vier Wänden.
Denn die wahre intensive Problembewältigung in uns, muß durch uns selbst passieren, denn alle noch so gutgemeinte Hilfe und Anteilnahme ist nur Halt und Stütze.
Die wahre Kraft der Veränderung liegt allein in uns, unter-

liegt unserem Willen, und diesen unseren Willen kriegen wir leider nicht immer zu unserem Wohl in den Griff.

Du mußt aber nicht denken, daß ich daran zerbreche. Ich ertrinke nicht in meinen Tränen, und meine Schreie ersticken nicht meine Gedanken und Gefühle.

Manchmal stelle ich zu meiner Verwunderung fest, wie sehr ich dieses Leid sogar brauche, um noch besser fühlen zu können, verstehen zu können, damit sich meine Gedanken klären...

Warum?

Frage ich mich oft, muß das ausgerechnet mir immer passieren...

Ich schreie, weine, und was soll ich Dir sagen, nach ein paar Tagen, wenn sich der verletzende, beißende Schmerz gelegt hat, fühle ich mich stärker als zuvor, weil ich das Leid wie eine wichtige Erfahrung angenommen habe.

Und tatsächlich spüre ich, wie ich um eine Erfahrung reicher geworden bin, ob ich allerdings daraus gelernt habe, steht auf einem anderen Blatt.

Lernen aus dem Leben ist nun mal sehr schwer. Aber Erkennen und Verstehen kann man bestimmt lernen daraus...

Vielleicht helfen Dir diese meine Gedanken in manch kritischer Stunde, da in diesem fernen Amerika. Und wenn ich auch in letzter Zeit nicht oft geschrieben habe, so umfangen Dich doch all meine lieben Gedanken, die Dich so stark beschützen, daß Dir einfach nichts passieren kann.

Ganz liebe Grüße und Küsse
Deine Mutter

Jahre der Ruhe

Ferien oder sonstige Tage, die ich bei meiner Großmutter verbrachte, sind ganz fest in meiner Erinnerung geblieben. Genaugenommen kann ich mich minuziös an Einzelheiten erinnern. Deshalb minuziös, weil bei Großmutter alles genau nach Zeitplan ablief.

Sie hatte einen ganz bestimmten Rhythmus, nach dem geschlafen, gegessen und gearbeitet wurde. Zeit zum Ausruhen war, wie in früheren Jahren üblich, weniger vorgesehen.

Ihren wunderschönen Zeitplan bestimmte eine große Wanduhr, die sie einmal in der Woche pünktlich aufzog. Bei der Uhr handelte es sich keinesfalls um ein wertvolles Stück. Der Korpus bestand aus schlichtem Blech, umrankt von ebenfalls blechernen Blümchen, und die eisernen Glöckchen, die laut und vernehmlich jede Stunde ankündigten, klangen eher wie eine Bahnschranke.

Als Großmutter an einem Sonntag um elf Uhr vormittags starb, blieb die Uhr genau zur selben Zeit stehen.

Mir erschien diese Stille, als sei die ganze Welt auf einmal kalt und leer, und den Schlag der Uhr vermißte ich im nachhinein, als sei er glockenhelle Musik gewesen. Sonstwas hätte ich dafür gegeben, die Zeit zurückzudrehen.

Deshalb rief ich sehr bald einen Uhrmacher, damit wenigstens die Stille im Haus ein Ende nehmen würde.

„Das haben wir gleich!" meinte der hochkarätige Fachmann und hüpfte frohgemut die Leiter hinauf. Er schraubte hier ein Deckelchen ab, dort die Zeiger wieder dran, spannte, zog und lockerte. Er wechselte das Handwerkszeug, wischte sich die Stirn und knobelte und kniffelte hochkonzentriert herum. Auf diese Weise verbrachte er, die Leiter rauf und runter hüpfend, mindestens zwei Stunden. Anschließend hatte er ein paar morsche Schrauben und Drähte in der Hand, doch die Uhr blieb stumm.

„Unmöglich", schüttelte er enttäuscht den Kopf.

Es handelte sich bei ihm gottlob um einen sehr ehrgeizigen Mann, und deshalb gab er auch nicht so schnell auf.

Aber selbst mehrfache Anläufe über Tage und Wochen, um das Schweigen dieser Zeitmaschine zu lüften, blieben ohne Erfolg.

Aufmerksam und traurig hatte ich sein Bemühen verfolgt, schließlich endschied ich, die kaputte Uhr auf den Speicher zu schaffen. Vielleicht hatte sie einfach keine Lust mehr, ohne Großmutter die Zeit dieser Welt zu messen.

Monate später fiel mir das gute alte Stück bei Aufräumarbeiten wieder in die Hände. Der Staub vieler Tage hatte sich silbergrau auf die Blechblümchen gelegt, deshalb putzte und ruckelte ich ein bißchen an ihr herum. Zudem hing sie schief, deshalb versuchte ich, sie zu richten.

Da plötzlich - ich traute meinen Ohren nicht - hörte ich ein Ticken. Erst leise, dann immer kräftiger werdend, und als wollte sie mich überzeugen, klimperten die Eisenglöckchen - fünfmal zur vollen Stunde.

Wie verzaubert hockte ich mich auf den Fußboden und lauschte dem lang vermißten Ticken, als sei es ein Lied aus fernen Tagen.

Jetzt hängt sie in meinem Wohnzimmer, und mir ist, als sei ein Stück Vergangenheit zurückgekehrt.

Teekännchen

Du willst
unbedingt
Großmutters Teekanne haben,
willst in Erinnerungen graben.
Willst Stunden des Lebens
in dieses gelbe Kännchen stecken,
als würd' Dir vor der Zukunft schrecken.
Halte nicht an Vergangem fest.
Bau dir heut',
am Tag
Dein Nest!

Die starke Mutter

Als Laura auf die Welt kam, waren die Schwalben schon vor ihr da. Schwirrten zwitschernd um die roten Dächer der Häuser.

Setzten sich auf Telefondrähte, eine neben die andere wie Perlenschnüre. Zwitscherten und schnäbelten eng nebeneinander, manchmal auf Dachfirsten, Gartenzäunen oder Regenrinnen.

Wenn Laura sich an die Ursprünge ihrer ersten Wahrnehmung auf dieser Welt erinnerte, so fielen ihr nur die Schwalben ein, die in der versinkenden Abendsonne ihr munteres Treiben vollführten.

Ein großes Fenster, direkt gegenüber ihrem Bett, gab den Blick frei auf rote in der Abendsonne leuchtende Dächer. Abends wenn man sie ins Bett legte, zwitscherte sie das muntere Völkchen in den Schlaf.

Und nicht nur die Schwalben blieben derart deutlich in ihrer Erinnerung eingemeißelt.

Ebenso klar tauchte ein ganz bestimmtes Bild der Eltern auf: Der Vater beugt sich über ihr Kinderbett und weint, weint so bitterlich, daß seine Tränen wie kleine Glaskügelchen gleichmäßig von der Nase tropfen.

Es gab auch allen Grund zum Weinen, wie die Mutter später erzählte: Ohne Vorwarnung hatte sich Laura, während sie spielte, auf den Fußboden mitten in ihre bunten Bauklötze gelegt.

Wie ein welkes Blümchen, was jemand am Wegesrand abgepflückt und achtlos in der Sonne liegen gelassen hatte.

Völlig apathisch trug man sie ins Bett. Zum Entsetzen der Eltern verschlechterte sich ihr Zustand zusehends. Schüttelfrost, Hitzeschübe wechselten einander ab.

Obwohl sich der kleine Körper eiskalt anfühlte, war das Kind sehr bald in Schweiß gebadet. Die fiebrigen Wangen leuchteten rot und vermittelten ein trügerisch gutes Aussehen.

Mit Müh und Not war es der Mutter gelungen, einen Arzt herbeizuholen.

Sie war ihm solange mit ihrem Wehklagen auf die Nerven gefallen, bis er sich erbarmt hatte, zu ihrem Kind mitzugehen.

Zu gehen war gut gesagt, sie huschten von Haus zu Haus geduckt und immer gleich wieder Schutz suchend, denn die feindlichen Truppen lagen ganz in der Nähe und lieferten sich mit den restlichen Soldaten einen wilden Kampf.

In diesen letzten Kriegstagen sprühten Gewehrsalven wie bleiernes Konfetti die Straßen entlang, daß manchmal keiner mehr so recht wußte, wer eigentlich auf der anderen Seite noch schoß.

Blaß und übernächtigt zog sie ihn am Ärmel ins Haus. Dabei sah er selbst schlecht und elend aus, als ob er dringend Behandlung nötig hätte.

Kein Wunder, bei den zähen Kämpfen mußte er Tag und Nacht Verwundete versorgen.

Er tat was er konnte, wobei sich das Tun allein auf eine gründliche Untersuchung beschränkte, dabei zeigte sein Gesicht tiefe Besorgnis. Die Eltern ließen ihn nicht aus den Augen, jede Körperbewegung registrierten sie und legten sie für sich aus.

Man war auf das Schlimmste gefaßt und das Schlimmste trat ein! Diphtherie.

Am Ende der Untersuchung schüttelte er müde den Kopf.

Er zuckte mit den Schultern, Ratlosigkeit rollte wie eine bedrohliche Welle durch die Räume. Was sollte er auch außer Wadenwickeln oder ein paar Hausmittelchen empfehlen, Medikamente gab es keine.

Nicht eine Tablette konnte er bieten, die Apotheken waren weit und breit leer. Lediglich in Lazaretten und Krankenhäusern gab es vielleicht noch ein paar Mittelchen.

Es herrschte ein heilloses Durcheinander, jeder hatte mit sich selbst zu tun. Das Kind ins Krankenhaus einzuliefern blieb unmöglich, denn unter dem schweren Beschuß würden sie es kaum schaffen, dort anzukommen.

Der Arzt glitt unverrichteter Dinge in das Dunkel der Nacht zurück.

Ausgerechnet detonierte ganz in der Nähe eine Granate, die Splitter schlugen deutlich hörbar gegen das Haus. Niemand wagte die Türe zu öffnen um nachzusehen.

Keine Medikamente, war schon schlimm genug, kein Essen bedeutete den Untergang. Und obwohl die Mutter irgendwo unter mysteriösen Umständen etwas Nahrung ergatterte, um der Krankheit wenigstens so entgegenzuwirken, gab es keinen Grund zur Freude.

Laura öffnete nicht mehr den Mund!

Alle Lebenskraft schien den kleinen Körper verlassen zu haben.

Tief bekümmert stellte die Mutter das Schüsselchen mit dem Essen auf den Tisch zurück, stützte den Kopf in beide Hände und weinte, leise und unaufhörlich.

Welch eine Trauer, Laura begriff nicht, daß diese Trauer ihr galt. Schließlich war sie ja kaum drei Jahre alt, als dies alles geschah.

Wenn sie sich an diese Momente erinnerte, bewegten sich die Menschen zeitlupenartig und sämtliches Geschehen passierte hinter einem Schleier, von diffusem Licht um-

geben. Sie klagte nicht, außer großer Hitze verspürte sie keinen Schmerz.
Deshalb streckte sie ihre beiden kleinen heißen Händchen aus und streichelte, erst dem Vater und dann der Mutter, die langsam auf das Bett zukam, die Wange. Lange verweilten sie stumm miteinander, die Eltern mit von Sorge gezeichneten Gesichtern und das glühende Kind.
Beim Anblick dieses Elends wurde unabänderlich klar, hier mußte etwas geschehen, irgendwas!
Und als könne sie trotz ihrem übergroßen Kummer doch etwas bewirken, suchte die Mutter die absolute Nähe des Kindes und nahm es behutsam aus dem Bett.
Sanft drückte sie das zarte Wesen an sich und trug es in ihren Armen, während sie in ruhigem gleichmäßigem Schritt auf und ab ging.
Es hatte beinahe etwas beschwörendes, denn sie begann leise und unaufhörlich eigentlich immer den selben Satz zu sprechen:
„Du mußt wieder gesund werden, du mußt, du mußt...!“
Flehend, bittend und manchmal auch fast fordernd und beschwörend gleichzeitig, sprach sie immer und immer wieder diese Worte.
„Du mußt wieder gesund werden,“ hätte sie am liebsten geschrien.
Verzweifelt preßte sie ihr Kind an sich, als könnte sie auf diese Weise die eigene Kraft in den kranken Körper des Kindes übertragen.
Die Gewehrsalven nahmen immer mehr zu, sie klangen wie ein zermürbendes Trommelfeuer, doch die Mutter trug das Kind, summte, um es zu bruhigen, weinte, schluchzte, denn wie es aussah, gab es keine Rettung.
Allein der Gedanke daran zerriß der Mutter das Herz in tausend Fetzen.
Deshalb bäumte sie sich innerlich heftig dagegen auf.

Es durfte nicht geschehen! Energisch begann sie mit Gott zu sprechen, als sei er der Kaufmann von nebenan:
„Herr das kannst, das darfst du nicht zulassen! du kannst mir nicht erst dieses Kind auf wunderbare Art schenken und dann wieder wegnehmen!"
Dann wieder tat es ihr leid, derart mit Gott gesprochen zu haben, deshalb bat sie gleich in nächster Sekunde um Verzeihung, um Hilfe, um Gnade, was ihr einfiel. Sie war bereit alles zu geben, nur nicht dieses Kind!
„Vater im Himmel ich bitte dich, ich flehe dich an... Bitte, bitte, bitte lieber Gott!"
Sie flüsterte diese Worte, vielleicht mochte Gott es nicht, wenn sie so schrie.
Blieb wirklich nur noch die Möglichkeit, zu beten?
Obwohl dem Vater das Bitten und Beten nicht ganz so vertraut war, wie der Mutter, faltete auch er beide Hände.
Mitten in der Nacht, wickelte die Mutter plötzlich das Kind in eine Decke, sie spürte, daß es zumindest sinnlos war, alle Kraft mit Weinen und Wehklagen zu vergeuden.
Sie trieb einfach das Gefühl, sich zu bewegen!
Und als hätte sie sich zu einer bestimmten Uhrzeit im Krankenhaus angemeldet, ging sie plötzlich fest entschlossen auf die Türe zu und öffnete sie.
Gerade in dem Augenblick sauste ein Geschoß mit langem Feuerschweif direkt am Haus vorbei. Bald hörte man einen lauten Knall, danach eine unheimliche Stille, anschließend fürchterliches Gerenne und Geschrei.
Ungeachtet dieser chaotischen Situation wickelte die Mutter ihr Kind noch fester in die Decke und trat auf die Straße hinaus.
Der Vater versuchte sie zu halten, sie riß sich los. Mit keiner Kraft der Welt hätte er sie halten können, das spürte er in diesem Augenblick.
Sprachlos vor Schreck blieb er zurück.

Mitten durch die flackernden Feuer ringsum sah er sie Schritt für Schritt vorwärtsgehen, als handele es sich um einen ganz normalen Gang.

Als er jedoch näher hinsah, mußte er feststellen, daß Mutter und Kind von einem merkwürdigen Licht umgeben wurden. Ganz deutlich zeichnete es ihre Konturen nach.

Lange noch konnte er sie sehen, bis die Nacht die seltsamen Umrisse verschlang. Ebenso merkwürdig, wie sie vor den Augen des Vaters entschwand, tauchte sie vor dem Portal des Krankenhauses auf.

Niemand konnte verstehen, wie diese Frau mit dem todkranken Kind auf dem Arm durch die Reihen der kämpfenden Truppen schlüpfen konnte.

Es wurde alles gut!

Dank ein paar Spritzen, die sich doch noch fanden, war die schwere Krankheit bald besiegt!

Gottlob, denn für Laura galt es ja auch erst mit dem Leben anzufangen.

Die Nachricht auf der Treppe

Wie alle großen Dinge des Lebens geschah es an einem völlig normalen Tag.

Iris hatte mit viel Geschnörkel, Blümchen, Butter, Ei und vielen Leckereien den Frühstückstisch gedeckt. Kaffeeduft waberte durch die Luft, und Mutter und Tochter waren sich wieder mal einig, Männer und Frauen passen eigentlich überhaupt nicht zueinander.

Wenn Frauen unter sich sind, gestaltet sich ein Morgen viel gemütlicher. Keine Nörgeleien, keine Hänseleien! Die Herzen können näher aneinanderrücken, jegliche Gefühlsduseleien, von Männern fürchterlich verschmäht, sind erlaubt.

Einfach eine Wonne, mal frei über Schönheits-, Gesundheits- und alle möglichen Probleme und liebevolle Nichtigkeiten zu reden.

Unter solchen Umständen dehnte sich ein Frühstück schon mal bis ins Unendliche aus. Deshalb empfand man es als eine gute Einrichtung, daß ein Mann und Vater ab und an seinen Job versehen muß.

Obwohl man solchen Abstand voneinander manchmal sehr schätzte, wurde dieser Mann und Vater aber auch gleichzeitig von seinen beiden Weibern schrecklich geliebt.

Seit vierzehn Jahren, so schien es Iris, tröpfelte fröhlich die Zeit vor sich hin.

Hätte sie jemand nach ihrer Kindheit gefragt, wäre ihr rückblickend nur der Weg einer rosa Wolke an azur-

blauem Himmel eingefallen, denn so lange sie denken konnte, hatte es ihr an nichts gefehlt.
Auch ihre augenblickliche Umwandlungsphase vom Kind zur Frau fand sie bis auf wenige kleine Schlenker völlig unproblematisch.
Zur Zeit kannte sie nur einen Kummer, kleine Pickel an Kinn und Stirn, an denen sie mit viel Mandelkleie herumraspelte und ihren viel zu kleinen Busen. Viele Klassenkameradinnen, die noch nicht einmal vierzehn Lenze zählten, hatten mindestens fünf Zentimeter mehr Brustumfang als sie und trugen schon einen Büstenhalter..
Versuchsweise hatte sie schon mal einen umgebunden, doch zu viel Watte hätte sie gebraucht....
Und genau das waren Themen über die sie sich nicht gerne ausließ, wenn der Vater dabei war.
Mutter dagegen wußte sofort einen Trost:
„Mach dir keine Sorgen, du bist ein konstanter Spätentwickler. An deinem ersten Geburtstag fehlten dir noch alle Zähne. Erna, unser Hausmädchen, habe ich eines Morgens dabei erwischt, wie sie dich kleines Bündel auf dem Schoß hielt und dir dauernd mit dem Löffel im Mund herumklopfte. Ich war entsetzt.
‚Erna, was machen Sie denn da?'
Völlig verdattert darüber, weil ich sie erwischt hatte, meinte sie:
‚Sie haben gesagt, wer den ersten Zahn bei det Kind entdeckt, der kriegt nen Taler. Und den will ick mir nun verdienen!'
Glaube mir, lange hat sie in deinem Mund herumtrommeln müssen. Erst drei Monate später blitzte ein erstes Mausezähnchen. Wenn ich ehrlich bin habe ich ihr den Taler liebend gern bezahlt, schließlich befürchtete ich schon, die Zähne könnten bei dir ausbleiben.
Deshalb brauchst du dir über deinen Busen keine Sorgen

zu machen, bei dir kommt alles etwas später. Da fällt mir noch was ein, sei aber ja nicht beleidigt, wenn ich das sage. Die Sache mit dem Töpfchen, da hast du auch ne ganze Weile länger gebraucht. Du fandest Windeln weitaus bequemer!"

Iris lachte, sie hörte gern der Mutter zu, wenn sie ihr von der Zeit erzählte, wo sie noch ein kleines Baby war. Manche Geschichte hatte sie schon mehrfach gehört, aber es wurde ihr nie langweilig, sie genoß es wie einen Spaziergang in geheimnisvolle Vergangenheit.

„Selbst mit dem Sprechen hast du dir mehr Zeit gelassen. Obwohl sonst Mädchen schneller sprechen lernen als Jungen. Dabei gab ich mir große Mühe. Immer und immer wieder zeigte ich dir einen Gegenstand und sprach dir das entsprechende Wort langsam und deutlich vor.

Du hast mich zwar mit großen blauen Augen angeguckt, vielleicht auch mal ein bißchen mit geblubbert und gesabbert, aber ansonsten bist du stumm wie ein Fisch geblieben. Beispielsweise stellte ich mich jeden Morgen, wenn Vater aus dem Haus ging, vor die große Standuhr. Das Pendel schwenkte ruhig hin und her und bei dem gleichmäßigen ‚Ticktack, Ticktack' wurdest du stets still und andächtig.

Ganz leise habe ich dir dann vorgesprochen ‚Ticktack, Ticktack'. Manchmal berührten deine kleinen winzigen Finger meine Lippen, als wollten sie sich die Worte ertasten. Verständlicherweise begannen wir uns Sorgen zu machen. Wir dachten sogar, du wärst taub.

Also prüften wir dein Gehör. Doch das schien in Ordnung, rief ich dich beim Namen, drehtest du dich spontan zu mir um.

Deshalb brach natürlich Freude aus, als eines Tages das Wunder geschah.

Ich trug dich wieder einmal vor die alte Standuhr und

wollte gerade den Zeigefinger ausstrecken und sprechen. Da schnellte deine kleine runde Hand nach vorn und deutete auf die Uhr, ganz leise sprachst du: ‚Ticktack, Ticktack!' Ich glaube du konntest es erst selbst nicht glauben, daß das deine eigenen Worte waren."

Iris hatte die Ellbogen auf den Tisch gestützt und hielt ihren Kopf in beiden Händen. Hin und weg lauschte sie den Erzählungen der Mutter.

Sie war nicht nur gespannt, weil es sich um ihre eigene Kindheit handelte. Insgesamt begeisterte sie wohl die Art, wie Mutter Vergangenheit zur Wirklichkeit werden ließ. Mit solchen Erzählungen verbrachten die beiden manche Stunde, denn trotz kleiner pubertärer Querelen konnte man das Verhältnis zwischen Mutter und Tochter als herzlich und inniglich bezeichnen.

Auch zwischen Vater und Tochter gab es ein gutes Einvernehmen. Ganz besonders, wenn Leute feststellten: „Also dieses Kind können sie nicht verleugnen, das ist ja ein Gesicht. Dieselbe schöne Nase und die wohlgeformten, kräftigen Lippen!"

Als Iris noch im Kinderwagen lag, konnte sich dieser sonst so überkorrekte Offizier nicht zurückhalten mit vor Stolz geschwellter Brust, quer durch die kleine Stadt mit dem Kinderwagen zu fahren.

„Das war eine absolut besondere Sache, denn, ob du es glaubst oder nicht, wenn es galt, ein Netz vom Markt nach Hause zu tragen berief sich dein Vater auf die Uniformverordnung. Diese war sehr praktisch, denn Männern in Uniform war es untersagt, mit etwaigen Einkaufsnetzen oder Taschen auf der Straße zu laufen. Lediglich eine winzige kleine Aktentasche für Formulare oder sonstige wichtige Sachen war erlaubt.

Das ging so weit, daß der ‚gnädige Herr' zu gegebenen Zeiten mich wirklich in respektvollem Abstand begleitete und seelenruhig zusah, wie ich mich als schnöde Zivilistin für sein leibliches Wohl abrackerte. Wütend über soviel Überheblichkeit habe ich damals ein volles Netz mit Mohrrüben und Weißkohl mitten auf die Straße gestellt.

Aber da hättest du mal einen flitzen sehen sollen.

Dafür wurde in unserem mehr als bescheidenen Haushalt der Pfennig zu sehr umgedreht. Na ja ich hab es überlebt. Heute sieht alles ganz anders aus!"

Sah es auch, zumindest hat es trotz Sparsamkeit der Familie an nichts gefehlt.

„Reich mir mal die Marmelade. Ich bin zwar schon fürchterlich satt, aber irgendwie kann ich von dem Brot nicht genug kriegen."

„Ich auch nicht, aber findest du nicht wir sollten mal unser Frühstück beenden. Mutter, weißt du, wie spät es ist?"

„Ne, ist mir auch fürchterlich egal. Guck dir mal draußen das trübe Wetter an, mir tun alle Glieder weh, da hat man gar keine Lust irgendwas zu machen."

„Laß uns doch einfach in die Stadt gehen und ein bißchen bummeln!"

Plötzlich klingelte es.

Iris rannte sofort los und öffnete die Wohnungstür.

Draußen stand ein älterer Mann mit einer abgegriffenen blauen Mütze, er hielt ein Papier in der Hand, das er ihr gleich entgegenstreckte.

„Guten Tag, was kann ich für Sie tun!"

„Ich komme vom Einwohnermeldeamt, habe für eine Iris Bock einen Brief abzugeben. Iris Bock bei Schneider."

„Das ist ja nen Ding", meinte Iris, „ich heiße zwar auch Iris, aber ich heiße Schneider. Den Namen Bock gibt es hier nicht."

Der Mann trug einen ziemlich knitterigen braunen Anzug. Um den Ärmel etwas zu glätten, zog er ein bißchen

dran. Einmal rechts, einmal links. Doch an dem zerknitterten Sakko änderte sich nichts.
Zudem wurde er sichtlich nervös.
„Hier bitte schauen Sie auf den Umschlag, hier steht schwarz auf weiß: Iris Bock bei Schneider, Fürstenweg 10."
Dabei schlug er ein paar mal mitten aufs Papier. Er hielt ihr den Zettel dicht unter die Nase, damit sie alles genau sehen konnte.
Und tatsächlich las Iris mit eigenen Augen:
„Iris Bock bei Schneider", und einwandfrei prangte ein dicker Stempel mit dem Wappen der Stadt direkt neben dem Namen. Also eine offizielle Sache. Sie lachte.
„Ist ja wirklich ulkig, aber ich kann Ihnen nur immer wieder versichern, hier gibt es keine Iris Bock!"
Der Bote vom Einwohnermeldeamt schüttelte den Kopf.
„Das kann nicht sein!"
„Aber lieber Mann ich werde doch wissen, wer alles in unserer Wohnung lebt. Ich kann Ihnen noch einmal mehr als deutlich sagen, hier gibt es keine Iris Bock!"
Was wollte der Kerl, oder stimmte hier was nicht?
Erst jetzt fiel ihr auf, wie dick und ungelenk seine Hände waren, wie braun die Finger, sicherlich vom vielen Rauchen. Die Nase wirkte wie eine riesige Knolle in seinem Gesicht, aus der viele dunkle kräftige Haare wucherten.
Ein unangenehmer Mensch. Was sollte dieser Blödsinn?
„Machen Sie sofort, daß Sie hier wegkommen, oder ich bringe Sie um", tönte plötzlich leise aber gleichzeitig unheimlich drohend eine Stimme aus dem Hintergrund.
Iris wollte sich gerade fürchterlich über dieses seltsame Mißverständnis amüsieren, doch als sie sich umdrehte und ihre Mutter leichenblaß und gefährlich mit den Augen funkelnd in der Türe stehen sah, erstarb ihr das Lachen auf den Lippen.

„Aber Mutter“, versuchte Iris zu beschwichtigen.

„Mutter, was ist mit dir, der Mann sucht nur irgendeine Person, die es hier nicht gibt!“

Unbeirrt wiederholte die Mutter die anfangs eingeleitete Drohung.

„Wenn sie nicht augenblicklich verschwinden, bringe ich Sie um!“

Dabei kam sie langsam, lauernd wie ein Panther, Schritt für Schritt näher.

Die Entschlossenheit ihrer Stimme signalisierte, sie würde es wirklich tun!

In solch einem Zustand hatte sie ihre Mutter noch nie erlebt. Vor allem konnte sie sich Mutter kaum als Mörderin vorstellen.

Iris schaute zwischen Mutter und dem etwas hölzernen Mann hin und her.

Für sie blieb es sowieso unvorstellbar, was Mutter und der Bote vom Amt überhaupt miteinander zu tun haben könnten.

Der Mann seinerseits schien ebenso perplex. Ihm blieb die Reaktion dieser Frau mehr als schleierhaft.

„Zum letzten Mal,“ setzte die Mutter ein Ultimatum, „wenn sie nicht augenblicklich verschwinden, bringe ich sie um.“

Während sie diese Worte zuletzt wie wild geworden schrie, lief sie plötzlich mit eiligen Schritten auf den Mann zu. Für Sekunden erstarrte der vor Schreck, schlug aber dann, einem Hasen ähnlich, einen Haken und lief, so schnell ihn seine Beine trugen, die Treppen hinunter.

Iris, die nicht den geringsten Reim auf diese Situation wußte, schaute der armen Seele merkwürdig berührt hinterher.

Das Verhalten der Mutter fand sie mehr als peinlich.

„Ich tue doch nur meine Pflicht..." hörte sie ihn noch im Hinunterlaufen jammern.

Mutter beugte sich ebenfalls über das Geländer:

„Sie werden noch von mir hören! Ich werde mich bei Ihrem Amt beschweren", rief sie ihm bitterbös hinterher.

„Aber Mutter..." wollte Iris sie beruhigen.

Hier gab es scheinbar nichts zu beruhigen. Wie Mutter da so blaß mit schreckgeweiteten Augen vor ihr stand, erschien sie ihr seltsam fremd.

Iris spürte, hier rollte Unheil auf sie zu.

„Komm nur rein," zog sie die Mutter hastig in die Wohnung, „die Nachbarn müssen nicht alles mitkriegen."

„Was ist denn nur los mit dir, der Mann hat sich geirrt!"

„Hat er nicht!"

„Wieso nicht? Das versteh ich nicht!"

„Kannst du auch nicht!"

„Mutter was soll das?"

Iris überfiel eine nie gekannte Angst.

„Einmal mußt du es ja erfahren!"

„Mutter, mir wird ganz schlecht, wie sprichst du, was muß ich erfahren?"

Die Mutter holte tief Luft, als koste es sie alle Kraft der Welt, diesen Satz zu sagen:

„Du bist Iris Bock!"

Die Stimme der Mutter klang bei diesen Worten verdammt schroff, kalt und rauh, wie ein Reibeisen.

Für Augenblicke entstand ein Vakuum, niemand sprach, als brauchten sie beide Raum und Zeit, die neuen Gedanken einzuordnen.

Ein riesiges Loch tat sich auf, wurde groß und größer, verwandelte sich in einen reißenden Strudel, packte Iris bei den Haaren, bei den Armen, bei den Beinen, riß ihr die Beine unter dem Körper weg.

Sie ging unweigerlich in dem Strudel unter, daß sie für Sekunden nicht wußte ob es aufwärts oder abwärts ging mit ihr. Als sie für einen Augenblick aus diesem Gewirr auftauchte fragte sie nur ganz leise.

„Ich?“

Dabei tippte sie mit dem Zeigefinger auf ihre Brust, als würde sie das erste Mal in ihrem Leben darauf aufmerksam, daß es sie wirklich gab.

Die Mutter nickte.

„Ich?“

Die Mutter nickte abermals.

Welch ein Wirrwarr!

Von Sekunde zu Sekunde wurde ihr klar und klarer welche Folgerungen sie aus diesen Tatsachen zu ziehen hatte.

Denn wenn sie nicht Schneider, sondern Bock hieß, dann waren... waren ihre Eltern nicht...

Iris mochte nicht mehr denken, denn jede neue Erkenntnis stürzte sie in neue schreckliche Eröffnungen.

Obwohl sie gerade erst vom Frühstückstisch aufgestanden waren, ließ Mutter neues Wasser in den Kessel, zündete das Gas an, stellte den Kessel auf, nahm die Dose mit dem Tee, löffelte ausreichend davon in die Kanne, als ob diese Tätigkeit das wichtigste von der Welt sei. Anschließend nahm sie eben so wichtig die Tassen vom Tisch und spülte sie mit heißem Wasser aus.

Niemand, der die beiden Frauen beobachtet hätte, wäre darauf gekommen, daß diese kleine Welt soeben zusammenbrach. Bei soviel Normalität fragte sich selbst Iris, ob die Minuten davor im Treppenhaus mit dem Mann im braunen Anzug vielleicht nur ein Spuk waren.

Allein der dumpfe Schmerz in der Herzgegend signalisierte ihr, irgend etwas mußte sich ereignet haben.

Eigentlich begrüßte sie das Schweigen der Mutter.

Denn sie quälte panische Angst vor weiteren Enthüllungen.

Das bisher Gehörte reichte ihr.

Zudem wagte sie sich nicht auszumalen, welche Geschichten sich vielleicht noch weiterhin um ihre Herkunft rankten.

„Herkunft", welch ein Begriff, scheinbar hielt ihr zukünftiges Leben ein neues Vokabular für sie bereit.

Vor allem wurde ihr erschreckend klar, daß nichts mehr wie gestern sein würde.

Ihre Bestürzung darüber steigerte sich von Augenblick zu Augenblick, schmerzte fürchterlich, fast unerträglich.

Bis zu dieser Stunde hatte sie kaum Verluste zu verarbeiten. Außer ihrer Lieblingstrickjacke, die auf einem Ausflug verloren ging und dem Tod der Schwarzdrossel Fine, die nach acht glücklichen Vogeljahren plötzlich von der Stange fiel. Dicke Krokodilstränen flossen damals um den kleinen Vogel.

Obwohl sie sich auch in diesem Moment todtraurig fühlte, wollten keine Tränen fließen.

Eher drängte sie plötzlich das Gefühl, die Mutter ganz fest in ihre Arme zu nehmen. Aber irgendwas hielt sie zurück, irgendwelche unerklärliche Scheu.

Überhaupt verspürte sie plötzlich Angst, Angst, Angst.

Nur wußte sie nicht recht wovor.

Während Iris versuchte ihre Gedanken einigermaßen zu ordnen, schöpfte Mutter weiterhin Kraft darin, Tee aufzugießen und anschließend Millimeter für Millimeter den Zeiger der kleinen Uhr zu verfolgen, bis die drei Minuten für die Zubereitung verstrichen.

„Komm, setzt dich", unterbrach sie zum ersten Mal das eisige Schweigen.

Iris setzte sich.

„Ich weiß nicht, wo ich anfangen soll", begann die Mutter das schwere Gespräch, was nun wohl oder übel folgen mußte.

„Ehrlich gesagt möchte ich überhaupt nichts davon wissen!" wehrte Iris ab.

„Doch, du mußt wissen, wie alles gewesen ist. Es ist deine Lebensgeschichte."

„Meine Lebensgeschichte ist, ihr seid meine Eltern wie immer und was vorher gewesen sein soll, interessiert mich nicht!″ sprach Iris energisch, fast bockig.

„Vielleicht solltest du doch zuhören, damit du dir keine unnötigen Gedanken machst. Deine leibliche Mutter war eine hochintelligente Frau."

„Sag nicht immer ‚deine Mutter', meine Mutter bist du und sonst kein Mensch auf dieser Welt. Wenn du unbedingt davon erzählen mußt, dann sag lieber meine Erzeugerin!"

Iris blieb trotzig.

„Na, das klingt ja schrecklich. Gut, wenn du das nicht willst, dann sag ich ihren Vornamen, sie hieß Eva."

„Wieso hieß Eva, ist sie tot?"

Iris fand die Situation derartig beklemmend, daß sie sich, sonst ein Kind der Sonne, erstmalig im Schatten fühlte.

Ihre wunderschöne heile Welt hatte man so mir nichts, dir nichts auf den Kopf gestellt.

„Nein, so viel ich weiß lebt sie noch, sie lebt in Amerika."

Iris fiel ein Stein vom Herzen, das war auf jeden Fall schon mal weit, weit weg.

Am liebsten hätte sie die gesamte Angelegenheit so weit wie möglich weggeschoben.

Die Mutter goß Tee ein und als würde sie so etwas zum ersten mal sehen, konzentrierte sich Iris ganz und gar auf den satten braunen Strahl, der sich strudelnd in die Tasse ergoß. Stundenlang hätte sie dabei zuschauen können, aber die Tasse war sehr schnell gefüllt.

Ein paar Luftbläschen bildeten sich obenauf, schwammen wie eine kleine Insel erst in der Mitte, schwammen an den Rand, schmiegten sich kurz in die Rundung der Tasse, um dann eins nach dem anderen ganz schnell zu zerplatzen.

„Deine Mut....ehm Eva hat eine Menge durchgemacht, sie tat mir immer schrecklich leid. Allein schon dieser Mann, den sie da geheiratet hatte. Ich habe immer gedacht, wie kann sich eine so bildschöne Frau an einen solch unangenehmen Heini hängen.

Übrigens hast du noch zwei Schwestern und einen Bruder."

„Ich will keine Geschwister, bin bisher ohne sie ausgekommen, wozu jetzt!"

„Ich meine doch nur, manchmal ist es sehr gut, wenn man ein bißchen Familie hat."

„Ihr seid meine Familie sonst nichts und niemand!"

Iris schrie diese Worte.

„Mutter, laß mich in Ruhe damit, ich bin vollkommen durcheinander, mir ist schlecht!"

Endlich brach aller Kummer aus ihr heraus. Sie stand auf, rannte um den Tisch und warf sich der Mutter in die Arme.

„Bitte hör auf, mir von diesem Quatsch zu erzählen!

Immer und immer wieder schluchzte sie:

„Nur du bist und bleibst meine Mutter. Du bleibst immer meine Mutter, nie, nie, nie soll uns jemand stören, nie, nie, nie und nimmer."

Iris zitterte am ganzen Körper, scheinbar löste sich erst jetzt der Schock.

„Mutter, versprich mir, daß das nur eine Geschichte von irgendjemand ist. Mit mir hat das überhaupt nichts zu tun."

Die Mutter umarmte ihr innig geliebtes Kind.

„Du brauchst keine Angst zu haben, nichts aber rein gar nichts wird sich zwischen uns ändern. Nur irgendwann einmal mußtest du das erfahren. Glaube mir, ich habe mich immer vor diesem Tag gefürchtet. Gern hätte ich es dir schonender beigebracht als durch einen solch blöden Irrtum vom Amt.

Du weißt wie das ist, wenn man Dinge nicht gern tut, dann schiebt und schiebt man sie vor sich her und Jahre können darüber vergehen. Andererseits fand ich es auch richtiger, noch ein bißchen zu warten, bis du etwas älter bist und verstehst, warum jemand sein Kind abgibt.

Dabei hat man dich nicht so einfach hergegeben. Deine Mutter suchte mich aus, damit sie sicher sein konnte, daß es ihrem Baby auch immer gut gehen würde."

Scheinbar wirkten die Worte der Mutter doch beruhigend auf Iris. Sie löste sich ein wenig aus der Umarmung, schneuzte sich und trocknete die heißen Tränen, die in vollem Strom die Wangen herabrollten. Leises Schluchzen schüttelte immer wieder den zarten Körper.

„Ach weißt du mein Kind, das Leben ist nicht immer so einfach und gradlinig. Vater und ich, wir haben uns bemüht, alles für dich zu tun."

Jetzt weinte auch die Mutter.

Trotz aller Traurigkeit über das, was sie berichten mußte, fühlte sie sich absolut erleichtert. Schließlich trug sie seit Jahren diese Geschichte wie eine ständige Belastung mit sich herum. Dem Kind gegenüber hatte sie sich immer ziemlich schlecht gefühlt, als ob sie das Vertrauen dieses kleinen Seelchens mißbrauchte.

Iris holte sich erneut ein paar Taschentücher, die Tränen wollten nicht so schnell versiegen.

„Erzähl mir bloß nichts mehr, am liebsten möchte ich alles, was ich erfahren habe, wieder vergessen."

„Du wirst auch alles wieder vergessen und wir werden wieder ganz normal miteinander leben. Vor allem wirst du ganz schnell vergessen, wenn ich dir jetzt alles erzähle, wie es sich zugetragen hat, damit du nicht in einer stillen Ecke herumrätselst und vielleicht falsche Schlüsse ziehst.

Ehrlich gesagt bin ich dir auch dankbar, wenn ich endlich die volle Wahrheit darüber loswerde. Trink den schönen heißen Tee, dabei erzählt es sich leichter."

Iris tat was die Mutter sagte.

Aber sie fühlte sich unwohl, fremd vor sich selbst, dem Stuhl, dem Tisch, der Mutter gegenüber, wie neu auf diese Welt geworfen, dazu ein bißchen einsam und allein!

Sie sehnte sich nach alter vertrauter Atmosphäre.

Vielleicht wie in frühen Kindertagen, wo die Mutter sich in den alten Sessel setzte, Iris auf dem Fußbänkchen daneben und dann wurden Geschichten vorgelesen.

Selbst als Iris lesen konnte, blieb sie weiter auf dem Fußbänkchen sitzen, nur las sie dann die Geschichten vor, Mutter machte dabei Handarbeiten, und beide waren ein Herz und eine Seele.

Heute nun handelte es sich bei dem Märchen um eine wahre Geschichte und die Prinzessin darin, oder das kleine Aschenbrödel, war sie selbst.

Beinah löste sogar ein Hauch von Spannung ihre anfängliche Angst ab, aber auch nur beinahe.

„Glaub mir für deine Mutter..., ich meine Eva hat schrecklich gelitten. Du mußt wissen sie war verheiratet, hatte selbst zwei Kinder, zwei Mädchen, drei und fünf Jahre alt. Ein Sohn wurde erst nach dir geboren.

Bildhübsche Kinder, ganz hellblond, blaue Augen, so wie du. Tja, so etwas kommt in den besten Familien vor. Eva hatte einen ebenfalls verheirateten Mann kennen gelernt. Ich glaube die beiden haben sich schrecklich geliebt. Ihren sogenannten Fehltritt verstand jeder, denn ihren Ehemann konnte niemand leiden, auf der besagten Hochzeit einer entfernten Cousine hatte ich ihn erlebt. Er galt als Angeber, Besserwisser und hatte eine ziemlich große Klappe. Aber irgendwas muß sie ja mal an ihm gefunden haben, sonst hätte sie ihn wohl nicht geheiratet.

Also, wenn Du mich fragst, haben die beiden auch nicht zueinander gepaßt. Jedenfalls gab es auf der Hochzeit ein fürchterliches Getratsche.

‚Eva ist schwanger' ging es wie ein Lauffeuer rund.

‚Na und?' ich fand das Gewisper an allen Ecken und Enden dieser Feier entsetzlich.

‚Die ganze Wahrheit ist, es soll nicht von ihrem Mann sein... von ihrem Liebhaber', flüsterte mir meine Tante Martha ins Ohr.

Die Tuschler rundum hielten den Atem an. Und allgemein wiegten alle höchst bedenklich die Köpfe.

Du kannst dir vorstellen, welch ein gefundenes Fressen das für die gesamte Verwandtschaft darstellte.

‚Die Sache kommt noch schlimmer', erläuterte mir Tante Martha weiter, ‚der Ehemann will diesem Frauenzimmer sogar verzeihen!'

Ich war mehr als erstaunt, soviel Güte und Nachsicht hätte ich diesem Kerl nicht zugetraut.

‚Das find ich aber nett', meinte ich zu der Berichterstatterin.

‚Vonwegen', kündigte Tante Kläre eine noch schlimmere Entwicklung an, ‚das Kind, was erwartet wird, muß aus dem Haus! Nur dann will er verzeihen!'

Sie sprach die letzten Worte teilweise sehr gedehnt und gleich wieder abgehackt, wie ein alter Offizier.

Ich war entsetzt.

‚Wie kann man einer Mutter das Kind wegnehmen!
Wie kann man nur!'

Außer mir vor Zorn, wollte ich aufstehen und diesen arroganten Lackaffen durch und durchschütteln.

Sanft drückte man mich auf meinen Platz zurück.

Alle Frauen, die da um mich herumsaßen, erwarteten genau diese empörte Reaktion.

Eigentlich hatte man mir aus purer Berechnung diese Geschichte so brühwarm untergejubelt.

Denn, daß es für Eva keinen Ausweg gab, stand lange fest. Ihr Mann hatte bereits gedroht, ihr, wenn sie sich anders entschied, die zwei anderen Kinder sofort wegzunehmen.

Nach dem damals herrschenden Scheidungsrecht galt Eva als Ehebrecherin, im Falle einer Scheidung hätte er sie ohne Kinder und ohne jeden Pfennig Geld auf die Straße setzen können.

Nicht nur, daß die Kinder ihre Mutter verloren hätten, wäre sie selbst auch total ruiniert gewesen.

Das Baby abgeben, blieb so gesehen noch als geringstes Übel.

Diese listigen Frauen sahen nun in mir die absolute Lösung.

Dein Vater und ich waren schon viele Jahre verheiratet und aus irgendeinem Grund blieben wir kinderlos. Dabei wünschte ich mir sehnlichst ein Baby.

‚Wir hatten gedacht, weil du ja... da könntest du doch vielleicht... oder...?'

Mit allem Charme, der ihnen zur Verfügung stand, leiteten sie ihren Angriff ein. Zuckersüß versuchten sie mich zu umgarnen, zu überreden.

Anfangs zierte ich mich ein bißchen.

Doch in Wahrheit blieb mir beinahe der Atem stehen und ich weiß noch ganz genau, mein Herz klopfte wie wild.

Ein Kind!

Wie tragisch ich den Hintergrund der Geschichte auch

empfand, für mich war es ein Geschenk des Himmels. Also stimmte ich sehr schnell zu.
Und während mir ganze Bäche Freudentränen die Wangen herunterrollten, fiel mir die Horde Klatschbasen freudestrahlend um den Hals.
Ein paar von den anwesenden Ehemännern guckten zwar mal neugierig in unsere Ecke.
Verstanden nichts und winkten ab:
‚Weiber!'
Somit blieb die Sache absolut geheim.
Außerdem mußten sie der guten Eva erst einmal ihren Vorschlag unterbreiten.
Ohne daß wir zwei je ein Gespräch darüber führten, stimmte sie zu. Die freudige Mitteilung brachte mir ihre Schwägerin, die sich eigentlich für diese Aktion voll eingesetzt hatte, damit dieses Kind nicht etwa in einem Waisenhaus landete.
Acht Tage nach deiner Geburt war es dann so weit.
Etwa gegen elf Uhr klingelte es an der Wohnungstür.
Ich öffnete.
Dieses Bild werde ich nie vergessen.
Eva hielt dich in eine gelbe Decke gewickelt.
An ihrer Seite der Ehemann.
In ihrem Blick lag ein Flehen und Bitten, wie ich es nie in meinem Leben erlebt habe:
‚Bitte sei gut zu meinem Baby!' sprach sie und reichte dich rüber.
Ganz langsam nur gelang es mir, die Hände nach dir auszustrecken. Die Kehle war mir wie zugeschnürt! Ich schämte mich, hatte ein furchtbar schlechtes Gewissen, weil ich dieser Mutter das Kind wegnahm.
Ganz weich, warm, kuschelig fühltest du dich an.
‚Nun kommt doch erst mal rein', bat ich, denn wir waren

alle zwischen Tür und Angel stehen geblieben.
‚Nein danke,' erwiderte der gestrenge Ehemann nur.
‚Für Eva ist es besser so!'
Mit diesen Worten zog er seine Frau mit sich fort.
Willenlos folgte sie ihm, sie drehte sich nicht einmal mehr um...
Seitdem bist du unser Kind!"

Schwester Gerdas Patientin

Wie still doch so ein Abend sein konnte, als ob rein garnichts tagsüber passierte.

Schwester Gerda schaute den langen breiten Korridor der Gynäkologischen Station entlang.

Wie eine Eisfläche glänzte der blank gewienerte Fußboden im Licht der Lampen.

Die Türen zu den Zimmern der Wöchnerinnen blieben geschlossen. Es handelte sich um die Stunde, in der sich alle Väter einfanden, um brav die Hand der frischgebackenen Mutter zu streicheln.

Mancher holte sich auch Trost, denn plötzlich so allein zu Hause, war nicht jedermanns Sache. Für viele barg dies erste Erfahrungen damit, daß Geschirr sich nicht von alleine sauber zaubert. Und daß Essen nicht aus Dosen hüpft oder vom Himmel fällt. Deshalb schlüpfen manche in solchen Zeiten auch gern mal wieder bei der eigenen Mutter unter...

Gerade als sich Schwester Gerda in ihr Stübchen zurückziehen wollte, öffnete sich eine der Türen, eine junge Frau, prall wie eine Tonne, watschelte breitbeinig im Entengang, eine Hand stützend in den Rücken gelegt, geradewegs auf sie zu.

So lange sie denken konnte, verbrachte sie ihr Leben hier an diesem Platz, wo das Leben begann.

Unzählige Tönnchen hatte sie erlebt und unzählige Mütter mit ihren Babys auf dem Arm verabschiedet.

Alle Variationen der Geburtsbewältigung sind ihr dabei geboten worden. Junge Frauen, die im Affenzahn nur noch in den Kreißsaal flitzten, um fünf Minuten später ein gesundes kräftiges Kind zu gebären. Verzweifelte Kämpfe Spätgebärender, mit stundenlanger Qual, die nach dramatischem Einsatz von Zangen und Schlingen, schließlich ein glückliches Kaiserschnittende fanden.
Ganz besonders liebte sie die sogenannten Spätzünder. Wo lange der Termin überschritten, die Geburt, selbst trotz vieler akrobatischer Versuche, einfach nicht in Gang kommen wollte. Für alle Beteiligten eine prekäre Sache. Denn solch eine Warterei birgt fürchterliche Tücken.
Und wie warm und mollig ein kleines Menschlein es auch im Bauch der Mutter findet, auf zu lange Dauer mausert sich solch gemütlicher Bauch zur akuten Falle.
Wenn sie zurückdachte, bescherten zumeist übertragene Geburten gefährliche Komplikationen.
Sie mochte gar nicht an diese Situation denken. Trotz all der Jahre gelang es ihr nicht, hart und unberührt über die Trauer und Betroffenheit der Eltern hinwegzusehen.
Diese junge Frau, etwa Mitte zwanzig, befand sich gerade auf dem besten Weg, ein „Übertragungsfall" zu werden.
Eine geschlagene Woche war der Termin bereits überzogen.
Nichts rührte sich!
Und obwohl sie einen so abnorm dicken Bauch vor sich hertrug, gab es noch keine klassischen Zeichen einer baldigen Niederkunft.
„Hallo Schwester Gerda, bitte warten Sie auf mich!"
„Keine Angst ich habe Dienst, lassen sie sich Zeit."
Es bereitete der jungen Frau sichtlich Mühe, ihren Schritt zu beschleunigen.
Ihre blonden Haare hingen zu einem großen dicken Zopf geflochten auf einer Seite herab, der sich wie ein Uhrpen-

del im gleichen Takt zu ihrem schaukeligen Gang hin und herbewegte.

„Schwester ich habe Durst, bitte geben Sie mir eine Flasche Wasser!"“

„Warum klingeln sie nicht, ich hätte sie Ihnen gebracht!“

„Ach, ich laufe gern einmal.“

Schwester Gerda öffnete den Kühlschrank und reichte der Patientin eine gut gekühlte Flasche.

„Danke. Haben sie vielleicht ein Glas für mich?“

Schwester Gerda hatte.

Gleich goß sich die Patientin einen ordentlichen Schluck ein.

„Wissen sie was, ich habe auch Durst“, hielt Schwester Gerda ihr ein Glas entgegen.

„Prost“, stießen die beiden Frauen übermütig mit den Wassergläsern gegeneinander.

Normalerweise trank sie nicht mit Patienten auf dem Korridor, aber dieser Frau schenkte sie schon seit ein paar Tagen mehr Interesse, als den anderen.

Gleich bei der Aufnahme überkam sie in der Nähe dieser Frau eine merkwürdige Unruhe, gegen die sie sich nicht wehren konnte. Gleich einer Katze, die friedlich auf dem Sessel schnurrt und plötzlich ein Gewitter spürt.

Obwohl die junge Frau einen normalen Eindruck machte, umgab sie ein Schleier tiefer Traurigkeit.

Schwester Gerda wollte nichts heraufbeschwören, doch wenn sie ganz ehrlich mit sich blieb, hatte sie einfach kein gutes Gefühl.

Von Tag zu Tag bestätigten sich ihre Ahnungen. Und dann war da noch etwas, was sie kurz aufhorchen ließ.

„Passen Sie gut auf meine Frau auf!“ bemerkte der Ehemann beinah beiläufig, als er seine Frau an sie übergab. Sicher fand sie es normal, wenn ein Ehemann besorgt ist.

Diese Besorgnis klang aber anders.
Erst dachte sie, er gehörte zu den Vätern, die sich nicht mehr sehen ließen, kommt ja öfter vor. Doch jeden Tag erschien er, ziemlich am Spätnachmittag, und beinah rührend umsorgte er seine Frau.
Trotz des Friede, Freude Eierkuchen-Eindrucks wurde sie ihr ungutes Gefühl nicht los.
Verwunderlich schien Schwester Gerda auch die Tatsache, daß die Patientin keinerlei Ungeduld hinsichtlich der Geburt zeigte. Normalerweise sehnen Schwangere in diesem Stadium das Ende förmlich herbei. Diese junge Frau genoß scheinbar jeden Tag, jede Stunde, auf der Station.
Als sie nun so bei guter Laune mit der Patientin das Wasser schlürfte, hätte sie am liebsten ein paar Fragen gestellt. Sie verkniff es sich und beschränkte sich auf üblich tröstende Worte.
Noch während sie sprach, spürte sie allerdings deutlich, ihre Worte blieben ungehört.
„Gute Nacht, Schwester", zog die junge Patientin in ihrem Entengang wieder ab.
Endlich ging auch der letzte Besucher.
Ruhe kehrte ein auf der Station, dachte Schwester Gerda und wollte es sich gerade gemütlich machen, da schrillte eine Zimmerglocke und ein rotes Licht blinkte nervös auf.
Natürlich handelte es sich um die Frau mit dem Zopf. Gut, dann wurde es eben eine stürmische Nacht.
Gleichzeitig atmete sie auf, dann fand wenigstens endlich diese übertragene Sache ihr Ende.
„Alles wird gut", trat Schwester Gerda ins Zimmer, „können Sie laufen?"
„Ja!" nickte die kleine junge Frau mit dem riesigen Bauch, ihre Wangen glühten, ihre Augen glänzten.
Sie hakten einander unter und gingen Richtung Kreißsaal. Schwester Gerda holte noch Hilfe herbei, einige Vorberei-

tungen wurden getroffen, der diensthabene Arzt informiert.
Gerade bei solchen Fällen vollzog sich der Verlauf mitunter unberechenbar schnell.
So traf es auch ein!
Die Wehen zeigten sich in immer kürzeren Abständen und steigerten sich in einer unüblichen Geschwindigkeit. Alles verlief wunderbar, es wurde der Punkt erreicht, wo die erlösenden Preßwehen einsetzten.
Doch das Kind blieb förmlich im Geburtskanal stecken.
Anders, die werdende Mutter ertrug zwar heldenhaft die Schmerzen, aber sie nutzte nicht die Wellen der austreibenden Wehen, um das Kind auf diese Welt zu schicken.
Beinah sah es so aus als wollte sie für ewig und immer das Kind in ihrem Bauch behalten.
Schwester Gerda konnte sich nur wundern. Sie sprach mit der Patientin, erklärte ihr noch einmal wie wichtig es wäre...
Schließlich handelte es sich nicht um eine Erstgebärende, zwei Kinder hatte sie schon geboren.
Die Schwester schlug einen energischen Ton an, der begleitende Arzt mahnte alle zur Ruhe. Zu lange dauerte die Geburt, die Herztöne des Kindes wurden schwächer.
Schließlich schrie Schwester Gerda die Patientin an: „Was ist mit ihnen los?"
Sie tat dies nicht, um der Patientin weh zu tun, sie tat es nur um zu helfen.
Leider ohne Erfolg, im Gegenteil, die junge Frau begann zu weinen, verbrauchte noch das letzte bißchen Kraft damit.
„Hören sie auf, so habe ich das nicht gemeint! Nur wenn Sie jetzt nicht mitmachen, kann ich für nichts mehr garantieren...!"

Schwester Gerda hatte es ja geahnt. Alle Befunde zeigten sich günstig, es gab keinen Grund, warum dieses Kind nicht normal kommen sollte.

Die junge Frau schaute sie mit ihren glänzenden Augen an und winkte ihr, sie möge näher kommen.

Schwester Gerda tat es.

„Ich möchte sie um etwas bitten", flüsterte sie, „ich möchte in einem Zimmer ganz allein Tag und Nacht mit meinem Kind verbringen!"

Als Schwester auf dieser Station begegneten ihr ja schon die merkwürdigsten Dinge, dieser Wunsch war neu. Zudem blieben Einzelzimmer nur den Privatpatienten vorbehalten.

Also eine Kostenfrage.

Aber wenn dieses Einzelzimmer die Geburt beschleunigen würde, sagte sie zu.

„Selbstverständlich machen wir das möglich", sprach sie mit leisem spöttischen Unterton, denn es war so gut wie unmöglich.

Der Professor würde ihr schreiend ins Gesicht springen.

Patienten sind sehr feinfühlig, die junge Frau merkte, daß sie nicht ernst genommen wurde.

Deshalb bemerkte sie noch einmal mit allem Nachdruck.

„Es ist mein einziger Wunsch, bitte".

Diese Bitte klang so inständig, daß Schwester Gerda ein Schauer den Rücken runterlief.

Gott sei Dank hatte sie noch nicht gesagt es sei ihr „letzter Wunsch".

Die ganze Geschichte klang ein bißchen morbide, nach Ende, nicht nach Freude auf das kommende Kind.

„Gut, mache ich", nickte die Schwester.

Erleichtert über diese Aussicht legte sich die Patientin zurück.

Auf einmal verlief die Geburt zügig. Es wurde gepreßt, gedrückt und in wenigen Augenblicken ward ein kräftiges Mädchen geboren.
Alle wischten sich den Schweiß von der Stirn, ihre Arbeit war beendet.
Nur Schwester Gerda fühlte sich weiterhin verantwortlich. Diese Frau hatte die Geburt verhindern wollen, das war ihr inzwischen klar, darum hatte sie nicht gepreßt.
Eine hochinteressante Angelegenheit. Aber sie schwor sich, die Hintergründe würde sie herausbekommen.
„Na wie geht es uns beiden?“ betrat Schwester Gerda das kleine Einzelzimmer mit Kind.
Sie hatte tatsächlich ihren Chef von der Dringlichkeit überzeugt.
Die Antwort sah sie selbst.
Das Kind schlief tief und fest mit rosigen Wängelchen und die Mutter versäumte keinen Augenblick, dem Kind beim Schlafen zuzusehen. Trotzdem lag über dieser trauten Szene ein Hauch Vergänglichkeit.
Schwester Gerda schnüffelte es förmlich, deutlich wie einen kalten Windstoß, der den Raum erfüllte. Es war Zeit zum Stillen und obwohl Schwester Gerda die Vorteile der Muttermilch mehr als gepriesen hatte, reichte man diesem Kind von Anfang an die Flasche.
„Ich möchte nicht stillen“, hatte die Patientin ausdrücklich gewünscht.
Trotzdem blieb Schwester Gerda einen Augenblick und schaute Mutter und Tochter zu. Sie setzte sich an das Bett. Selten hatte sie eine so konzentrierte Mutter und ein so friedliches Kind erlebt.
„Wie soll die Kleine heißen?“ fragte Schwester Gerda.
„Iris“, antwortete die Mutter.
Alle Liebe, die sie ausstrahlte, griff so intensiv um sich, daß selbst Schwester Gerda sie spürte. Die Blicke der Mut-

ter versuchten wohl jeden Millimeter des kleinen Wesens für Jahrhunderte festzuhalten.
Mitten in Schwester Gerdas idyllische Gedanken über die ungewöhnliche Szene sprach die junge Frau plötzlich ganz leise und unvermittelt:
„Ich muß dieses Kind gleich, wenn ich aus dem Krankenhaus entlassen werde, abgeben. Mein Mann besteht darauf. Es bekommt eine gute Muter! Eine sehr gute Mutter, das weiß ich...!"
Nach längerem Schweigen setzte sie noch leise hinzu.
„Aber es ist doch mein Baby!"
Dabei schaute sie ihr Gegenüber so vorwurfsvoll an, daß die Schwester sich für Augenblicke voll schuldig fühlte.
Mit einem Schlag waren jedenfalls die merkwürdigen Vorkommnisse der letzten Tage geklärt.
Schwester Gerda war geschockt:
„Oh Gott!" war alles, was sie sagen konnte.
Ihr fiel beim besten Willen absolut kein Trost ein.
Jedes Wort wäre hier falsch am Platz gewesen.
Wie froh war sie deshalb, die Sache mit dem Zimmer so erfolgreich durchgeboxt zu haben...

Das Treffen

Auf Bahnhöfen sind eigentlich alle Menschen gleich. Jeder kennt nur sein Ziel, entweder irgendwo hin oder irgendwoher zu kommen und schnellstens dieses Gebäude wieder zu verlassen.
Iris liebte Bahnhöfe, weil sie gern auf Reisen ging und gern Besuch empfing.
Diesmal wartete sie auf einen ganz besonderen Menschen.
Auf ihre Mutter!
Ihre leibliche Mutter.
Denn Mutter, ihre richtige Mutter, saß ja zu Hause und wußte davon, daß sie hier auf ihre Mutter wartete.
Bei so vielen Müttern kann es schon mal ein bißchen verwirrlich klingen.
Nach mehr als dreißig Jahren traf sie sich zum ersten Mal mit ihr. Alles was sie von ihr kannte, war ein kleines Paßfoto, was sie mal aus dem fernen Amerika in einen Brief gelegt hatte.
Erst seit kurzem bestand Kontakt zueinander.
Etwas zögerlich waren ein paar Briefe hin und hergegangen, als hätte man Angst voreinander.
Vielleicht deshalb wurde dieser Treffpunkt gewählt.
Beide scheuten sich vor der Begegnung.
Zwischen Ankunft des Zuges und Abflug des Flugzeugs sollte sich das Kennenlernen abspielen.
Eva befand sich auf der Rückreise von München zurück in die Staaten. Eine verrückte Idee, denn genaugenommen blieben ihnen knapp zwei Stunden.

Beide hielten diesen Zeitraum für ausreichend, um sich erstmalig zu beschnuppern.
Besagter Zug fuhr ein, die Türen öffneten sich und explosionsartig stürmten die Fahrgäste alle gleichzeitig heraus.
Menschen über Menschen strömten Iris entgegen, doch sie erkannte mit einem Blick ihre Mutter, als hätten sie sich erst letzte Woche gesehen.
Einen großen Lederkoffer zog sie hinter sich her, mit der rechten Hand hielt sie eine hochelegante Reisetasche.
Iris ging zielstrebig auf sie zu, nahm ihr die Reisetasche aus der Hand.
„Guten Tag Mutter!" reichte sie ihr die Hand.
Eva war bei so viel Freundlichkeit völlig perplex.
Normalerweise ging man mit ihr nicht gerade pfleglich um. Beschimpfungen und Erniedrigungen blieben in ihrer Ehe an der Tagesordnung.
Ihr Mann sorgte stets und ständig dafür, sie zu demütigen. Bis zu seinem Tod behandelte er sie wie eine schwere Sünderin.
Im Grunde ihres Herzens konnte sie ihr Tun, ihr Vergehen, wie es ihr Mann nannte, nicht entschuldigen. Nie hatte sie es sich verziehen, daß sie ihr eigenes Kind weggeben mußte.
Eigentlich war ihr von dem Augenblick an alle Hoffnung der Zukunft genommen.
Und deshalb rechnete sie auch mit keiner Faser damit, daß dieses Kind, was sie sich vom Herzen gerissen und in fremde Hände gab, ihr verzeihen würde.
Niemand hatte ihr bisher verziehen.
Eben wegen dieser Befürchtungen fand sie den etwas hektischen Treffpunkt gut. Sie hatte Angst vor Vorwürfen, Angst vor erneuten Beschuldigungen, davon hatte sie genug ertragen. Angst vor Fragen jeglicher Art.
Und nun diese freundliche Begrüßung.

Sie senkte den Blick, wagte nicht ihrer Tochter in die Augen zu sehen. Soviel ungewohnte Herzlichkeit beschämte sie schon fast wieder.

Wie konnte sie auch nur annehmen, daß alle Menschen unverzeihlich sind.

Schon fühlte sie sich erneut schuldig, weil sie so dachte. Jahrelang trug man ihr alle Schuld dieser Welt auf; nun war sie daran gewöhnt.

Im Moment gab es allerdings nicht viel Zeit darüber nachzudenken, denn sie mußten sich beeilen, mußten hinein in die S-Bahn, um zum Flughafen zu fahren.

Gleich an der Türe blieben sie stehen, nur zwei Stationen, dann stieg man wieder aus.

Wie zwei völlig normale Fahrgäste standen sie mitten im Getümmel. Zu sprechen wagten sie nicht, die Leute hätten sich sonst über ihre seltsamen Gespräche gewundert. Mit Sicherheit galt es nicht als alltäglich, daß Mutter und Kind das erste Mal im Leben auf einem Bahnhof aufeinandertrafen.

Somit blieb Zeit einander zu mustern.

Hübsch ist sie, dachte Eva.

Wie verbittert sieht sie aus, dachte Iris.

Eva bemühte sich zwar zu lächeln, um ihrer Freude zart Ausdruck zu verleihen, doch konnte sie dahinter nicht ihre verschüchterte Art verstecken.

Am Flughafen angekommen suchten sie sich einen Tisch in einer Cafeteria mitten in einer großen Halle.

Die Luft flimmerte vom Tellergeklapper, Gemurmel der Leute, Kinderschreien und quietschenden Rollen irgendwelcher Koffer, die hin und hergezogen wurden.

„Einen Kaffee“, bestellte Iris beim Kellner.

„Auch einen Kaffee“, bestellte Eva.

Eigentlich hätten sie gar nichts gebraucht. Denn die Ner-

ven beider waren derart gespannt, daß jegliches Essen auf dem Magen liegen geblieben wäre.
Der Kellner, enttäuscht über die magere Bestellung, feudelte lieblos ein paar Krümel vom Tisch. Vielleicht hoffte er auch, man würde sich noch anders entscheiden.
Iris schaute unentwegt auf die Hände der Mutter, dabei meinte sie ihre eigenen Hände zu sehen, die gleiche Form, die etwas zu kurz geratenen, fast pummelig wirkenden Finger.
Die Tatsache faszinierte sie so sehr, daß sie begann nach mehr Ähnlichkeiten auch im Gesicht der Mutter zu suchen. Vielleicht die grade Nase, ja auch die Augen, die hohen Wangenknochen, die kleinen Ohren.
Während Iris sich mit den Äußerlichkeiten beschäftigte, rang Eva nach ersten Worten.
„Danke“, mehr brachte sie nicht hervor.
„Wofür“, fragte Iris.
Sie hatte nichts getan wofür sie Dank erwartete.
Nach einer Weile des Schweigens setzte Eva hinzu:
„Danke dafür, daß du so freundlich mit mir bist!“
Iris mußte lachen, diese Mutter erschien ihr, als käme sie von einem anderen Stern.
„Aber Mutter, ich danke dir, daß du mich auf diese Welt gebracht hast. Vom ersten Augenblick, als ich von dir hörte, und davon, daß du mich, dein Kind, weggeben mußtest, hast du mir unsäglich leid getan.
Als ich schließlich selbst Mutter wurde, habe ich erst richtig nachfühlen können, was du durchgemacht hast. Denn ich denke, für eine Mutter gibt es nichts schlimmeres.“
Zwei Tränen liefen Eva die Wangen hinunter. Sie hatte ewig nicht mehr geweint. Aber es handelte sich nicht um schwere Tränen der Trauer, sondern um zwei glitzernde fröhliche Freudentränen.

Welch ein Geschenk von dem Kind, dem gegenüber sie sich so schuldig fühlte, so tröstende Worte zu hören.

Denn es ist ja nicht gerade eine gute Ausgangsposition für's Leben, von der Mutter verschenkt zu werden, schließlich klingt das nach Lieblosigkeit und Desinteresse.

Dabei hatte sie still in ihrem Herzen dieses Kind am meisten geliebt. Manche Nacht hatte sie gebetet, Gott möge es ganz besonders beschützen. Scheinbar hatte er ihre Gebete gehört, denn traf sie doch jetzt gleich bei der ersten Begegnung der pure Sonnenschein.

„Bevor du dir irgendwelche Gedanken machst Mutter, möchte ich dir gleich sagen, mir hat es an nichts gefehlt und ich bin dir nicht böse, trage dir nichts nach. Einzig und allein hat mich der viele Schmerz belastet, den du meinetwegen ertragen mußtest, sonst nichts!"

Eva schaute zum ersten Mal ihrer Tochter voll ins Gesicht. Jetzt erst sah sie den klaren Blick. Sie begriff, jeder Funke Zuwendung, der ihr da entgegenwehte, war absolut ehrlich gemeint.

Ein riesiger Felsblock rutschte von ihrer Seele und als täte sich der Himmel auf, ging eine große Veränderung mit ihr vor.

In diesem Moment, mitten in der nach Kaffee, Pommesfrites und Menschen duftenden Cafeteria, fühlte sie sich befreit von jahrelanger Schmach und einer Lawine von Selbstvorwürfen.

Freudig griff sie über den Tisch nach den Händen der Tochter und drückte sie ganz fest.

Sämtliche Sorgenfalten, die sie bis dahin zierten, glätteten sich, in wenigen Augenblicken wirkte sie um Jahre jünger. Wie froh war sie jetzt, daß sie ihren Mut zusammengenommen hatte, dieses Treffen einzuhalten. Denn mehrfach hielt sie schon das Telefon in der Hand, um abzusagen. Aber jetzt wußte sie, wie wenig Glück ihr auch das Schicksal bisher beschert hatte, dieser Augenblick bedeutete eine erholsame Wende in ihrem Leben.

Vertrauensvoll rückten die beiden Frauen näher, denn in Sekunden zerbröckelten alle Mauern des Mißtrauens und nun teilte man einander mit, was sich über Jahre in den Seelen angestaut hatte.

Es gab eine Menge zu erzählen...

Wie gesagt, es blieben ihnen nur zwei Stunden!

Bald hieß es Abschied nehmen.

Iris begleitete die Mutter bis zur Absperrung.

Herzlich nahmen sie einander in den Arm.

Und wer die beiden beobachtete, hätte keine Zweifel gehabt, daß hier Mutter und Tochter voneinander Abschied nahmen.

So lange es ging, winkte man sich zu:

„Paß auf dich auf mein Kind!“ rief sie zum Schluß fröhlich, als sei sie ein völlig neuer Mensch.

„Du auf dich auch, Mutter!“

Erst in dem Moment merkte Iris, wie leicht ihr von Anfang an das Wort „Mutter“ für diese Frau von den Lippen kam.

Als sie die lange Halle des Flughafens entlang ging, lächelte sie verträumt vor sich hin. Nun, welcher Mensch auf dieser Welt besaß schon zwei Mütter.

Mutter sein

Mutter sein,
heißt Freude, Schmerzen,
heißt viele Nasen putzen,
Tränen trocknen,
küssen,
herzen,
Abschied nehmen,
weil Kinder wachsen und gedeihen,
größer werden,
sich befreien,
von Kinderbettchen, Häkeljäckchen,
Puppenspiel und Eisenbahn,
von Schulaufgaben, Tischmanieren,
Mutters gutem Rat und schreiten selbst zur Tat.
Meist eine irre wirre Zeit,
voll Zweifel, Zwist und Einsamkeit.
Doch formt das Leben Kinderköpfe.
Und plötzlich stehen Mutters Töpfe
in hellem Glanz,
in gutem Ton,
aus neuer, ferner Position.
Das Herz bei ihr ganz auszuschütten
und um ihren Rat zu bitten,
wird wieder als Geschenk empfunden,
denn man hat herausgefunden,
Menschen
gibt's wie Sand am Meer,
aber keine
Mutter mehr.

Adele

Am Tag davor war die Welt noch in Ordnung. Adele hatte lange im Garten Unkraut gezupft, den Enkelkindern eine Geschichte vorgelesen und für alle ein gutes Mittagessen gekocht.

Für „alle", das bedeutete für ihre drei Töchter mit Männern und den zwei Enkelkindern.

Schon am Abend als die „Gesellschaft" abzog, fühlte sie sich, trotz großer Wiedersehensfreude, ziemlich abgeschlagen. Nun, das alte Herz wollte manchmal nicht mehr so recht, kein Wunder nach solchem Trubel. Deshalb war sie auch nicht weiter beunruhigt. Eine Herztablette und alles war wieder gut.

Adele legte sich schnellstens ins Bett.

Als sie am nächsten Morgen wie gewohnt flink aufstehen wollte, gehorchten plötzlich ihre Beine nicht mehr. Sie fiel um, an mehr konnte sie sich nicht erinnern.

Als sie erwachte, lag sie neben dem Bett, wie festgenagelt auf dem Rücken.

Adele brauchte eine Weile, um zu begreifen. Genaugenommen fühlte sie sich recht gut, ihr tat nichts weh. Nur eine leichte Übelkeit machte ihr zu schaffen.

Als äußerst unangenehm erschien ihr allerdings der kalte Fußboden unter ihrem Körper. Deshalb sah sie nur ein Ziel, sich schnellstens aufzurappeln. Dazu hätte sie allerdings Hände, Arme oder Beine bewegen müssen. Gedanklich konnte sie voll diesen Vorgang aktivieren, nur die dazu notwendigen Extremitäten gehorchten nicht.

Adele begriff sehr schnell, daß trotz dieser ausweglosen

Situation absolute Ruhe zu bewahren sei. Deshalb ließ sie keine Panik aufkommen.

Dabei erfüllte sie Erstaunen darüber, daß eine sonst so selbstverständliche Handlung einfach nicht gelang.

Arme und Beine verharrten wie gefesselt. Keine, nicht die kleinste Bewegung war ihr möglich. Allein ihre Blicke konnte sie rundum ins Zimmer schicken.

Die Kleider vom Abend zuvor hingen über dem Stuhl neben dem Bett, normalerweise hätte sie längst aufgeräumt und sich angekleidet.

Obwohl sie ja noch da, irgendwie vorhanden war, wirkte das Zimmer völlig verlassen. Und als gäbe es im Augenblick nichts wichtigeres, störten sie die bunt gemusterten Gardinen, die sie schon lange erneuern wollte.

Es blieb allerdings nicht länger Zeit über Nichtigkeiten nachzudenken. Eine plötzliche Ohnmacht legte sich bleischwer über ihre Seele und als würde sie auf einer weichen Wolke fortgetragen, fiel sie in tiefen Schlaf.

Als sie erneut erwachte fand sie sich im Krankenhaus, immer noch bewegungslos, an vielen Schläuchen und Drähten angeschlossen, wieder. Doch fühlte sie sich diesmal geborgen und warm.

Trotz der schweren Erkrankung genoß Adele sogar die Tage im Krankenhaus. Kein Wunder, gehörte sie doch zu den wenigen Müttern, deren Kinder sich voll verantwortlich fühlten.

Jeden Tag war eines von ihnen im Krankenhaus zur Stelle.

Und endlich wurde sie entlassen, zwar noch links und rechts mit einer Krücke, aber sie durfte heim.

Bisher half sie den Kindern, wo es ging.

Nun brauchte sie Hilfe, denn mit Krücken links und rechts gelang es kaum einen Haushalt zu versorgen. Zum Entlassungstag fanden sich deshalb alle Kinder ein, um die weitere Betreuung zu besprechen.

Hier galt nicht der berühmte Satz: „Eine Mutter kann zehn Kinder betreuen, aber zehn Kinder nicht eine Mutter."
Überglücklich darüber glaubte sie fest an die absolute Harmonie in ihrer Familie. Deshalb traute sie ihren Ohren nicht als plötzlich fürchterlicher Streit und häßliches Gezanke unter ihren Kinder ausbrach.
Mehr als lautstark rechnete man einander vor, wer wieviele Tage am Bett der Mutter geopfert hätte.
„So kurze Besuche, wie du gemacht hast, da ist doch nicht mal der Stuhl unter deinem Hintern warm geworden!"
„Ach aber du, setzt dich zu Mutter ans Bett, um auf Mutters Kosten mit deinen Freundinnen reihum zu telefonieren. Du bist doch geizig, das wissen wir alle."
„Und du... und du und du...!"
Scheußliche Beschuldigungen wurden einander ausgesprochen und manche Missetat unterstellt. Adele konnte das nicht länger mit anhören, solch ein Verhalten schnitt ihr tief ins Herz, deshalb verließ sie das Wohnzimmer und machte sich auf die Suche nach dem kleinen Jan. Über die gräßliche Zankerei vergaßen die Eltern glatt ihr Kind.
Das Enkelchen, gerade vier Jahre alt, präsentierte manchmal den größten Blödsinn. Gott sei Dank fand sie den kleinen Steppke gleich im Badezimmer. Er stand auf einer Fußbank am Waschbecken und schrubbte mit einer Zahnbürste angestrengt auf irgendeinem Gegenstand herum.
Als Adele näher kam, erkannte sie zu ihrem blanken Entsetzen, es handelte sich um ihr Gebiß.
Bei dem Trubel der an diesem furchtbaren Morgen herrschte, hatte sie es wohl völlig vergessen.
„Halt Kind, was machst Du da?" schrie sie außer sich.
Doch der Kleine werkelte seelenruhig weiter.
„Omi mach dir keine Gedanken", sprach er beruhigend auf sie ein, ohne von seiner Arbeit aufzuschauen, „ab heute

sorge ich für dich! Deshalb putze ich jetzt schon mal gründlich dein Gebiß!“

Er meinte es ernst und schien festentschlossen!

Und als bewältigte er sie selbstverständlichste Sache der Welt, spülte er mit einem kräftigen Wasserschwall die Zahnpasta von der blitzblanken Knabberleiste.

Schließlich war dieser Dreikäsehoch ja nur ein Kind, aber er strahlte solchel Stärke aus, daß Adele sich vollkommen beschützt fühlte. Deshalb humpelte sie fröhlich ins Wohnzimmer zurück und mahnte die hitzigen Streithähne, doch mit dem Zanken aufzuhören.

„Ich komme zurecht, mir geht es bereits viel besser. Ihr müßt ja gar nicht jeden Tag kommen. Nur den kleinen Jan, den müßt ihr mir hier lassen!“

Mehr als verdutzt hielten ihre Kinder inne, niemand verstand nichts mehr, aber Adele zeigte sich frohen Mutes.

Das Wiedersehen

Helma hatte sich eine Welt absoluter Stille eingerichtet.
Wenn sie morgens aufstand betrachtete sie sich im Spiegel, als würde sie diese fremde Frau da zum ersten Mal sehen. So still war es um sie herum, daß sie manchmal selbst nicht mehr wußte, warum sie eigentlich noch auf der Welt umherwandelte. Und sie wandelte wirklich nur umher, ohne Ziel und ohne Ausgangspunkt, wie eine Schlafwandlerin am hellerlichten Tag. In dem Haus in dem sie lebte, tuschelte man hinter ihr her:
„Laß sie in Ruhe, die ist autistisch! Die hört nichts und spricht nichts!"
Dabei konnte sie sehr wohl hören, konnte auch sprechen, nur hatte sie es irgendwann aufgegeben...
Eine Ewigkeit mußte es her sein, daß sie selbst nicht mehr wußte warum. Nur unter großen Mühen gelang es ihr, sich jenes Geschehen, was sie so zerstört hatte, in Erinnerung zu rufen.
Aber sie gab sich keine Mühe.
Irgend etwas tief in ihrem Unterbewußtsein warnte davor, in der Vergangenheit zu verweilen, deshalb ließ sie meist davon ab.
Allein, wenn nur kleine Bruchstücke am Horizont des Vergessens auftauchen wollten, krampfte sich ihre Seele in tiefem Schmerz, deshalb tauchte sie schnell wieder in einen Nebel der Gedankenlosigkeit ab, dort fühlte sie sich wohl.
Aber es gab Tage, da gelang es ihr nicht, dann fiel sie in

tiefe Depressionen und das schreckliche Geschehen beutelte sie gnadenlos, zog in glasklaren Bildern an ihr vorüber, als wäre es erst eben geschehen. Jedesmal, wenn diese Geschehnisse wie ein schlechter Film an ihr vorüberzogen, faßte sie kaum, daß sie die Hauptrolle darin spielte.
Wie konnte es nur dazu kommen, ihr Leben war doch eigentlich ohne Komplikationen verlaufen.
Aus gutem, behüteten Hause war sie gleich in eine wunderbare, ebenso behütete Ehe hinübergeglitten.
Ihren Heinrich schätzte man als phantastischen Zahnarzt, ihre Praxis in Berlin wurde nur von besten Patienten frequentiert.
Als Töchterchen Mareile geboren wurde, zählten sie sich zu den glücklichsten Eltern.
So reihten sich Jahre voller Gleichmaß aneinander.
Außer ein paar gesunden Familienauseinandersetzungen, die hin und wieder über die Szene polterten, wie in jeder Ehe, gab es keine Klagen.
Doch Kinder wachsen und gedeihen!
Da Mareile von klein an die Weite dieser Welt faszinierte, war es kaum verwunderlich, als es eines Tages hieß:
„Ich gehe nach Amerika!"
Mareile ging nach Amerika, heiratete in Amerika und blieb in Amerika.
Wenn die Eltern auch ein gewisser Stolz über die erfolgreiche Tochter erfüllte, so blieb die Tatsache der weiten Entfernung stets eine bittere Pille.
Denn wie sehr der Vater auch seine Tochter liebte, so verabscheute er es, sich in solch einen silbernen Vogel zu setzen, um über den großen Teich zu fliegen.
Folglich beschränkte sich trautes Familienleben auf ein paar Wochen im Jahr. Allerdings kam Mareile immer allein. Tom, der angetraute Gatte schien ein vielbeschäftigter Mann zu sein, für Auslandsaufenthalte blieb

ihm keine Zeit. Dank moderner Einrichtungen der Kommunikation, kannten die Eltern ihren Schwiegersohn ausgiebig von Fotos und der Stimme am Telefon.
Nach Jahren kündigte sich endlich das erste Enkelkind an. Da gab es für Großvater Heinrich kein Halten mehr, er zeigte sich zu allen Schandtaten bereit und kaufte sofort Tickets für die Reise, um das kleine Menschenwunder zu bestaunen.
„Auf nach Amerika", hieß plötzlich seine fröhliche Großvaterparole, alle Flugangst schien verflogen.
Der gesamte Berliner Freundes- und Bekanntenkreis wurde aufgescheucht, ein großes Fest zur Geburt des kleinen Benjamin wurde gefeiert, man freute sich gemeinsam mit den Großeltern.
Die viele Unruhe und Aufregung, schlugen Heinrich, Ehemann, Zahnarzt und glücklichster Großvater der Welt, auf das etwas angeknackste Herz. Mitten in der Praxis an einem überaus sonnigen Morgen fiel er tot um.
Alle Räder blieben unweigerlich stehen.
Helma stand unter Schock.
Anfangs hielt sie, als wäre nichts geschehen, an ihren täglichen Arbeiten fest. Sie deckte den Frühstückstisch für zwei Personen und wartete eine Weile. Vielleicht würde ihr geliebter Mann doch irgendwann aus der Badezimmertür plötzlich frisch duftend heraustreten und sich an den Tisch setzen.
Aber wie lange sie auch wartete, es rührte sich nichts. Trotzdem setzte sie sich, goß wie mechanisch Kaffee ein und trank Schluck für Schluck.
Sie trieb durch die Stunden ihres plötzlichen Alleinseins planlos dahin.
Es gelang ihr selten, ihre Gedanken zu ordnen. Sie kramte hier, rückte dort etwas zurecht.
Heinrichs Pfeifen blieben kalt.

Zur Beerdigung strömten eine Menge Leute herbei, aber am nächsten Tag legte sich gleich wieder eine beklemmende Stille über das sonst betriebsame Haus. Als sich nach Eröffnung des Testaments auch noch herausstellte, daß sie als steinreiche Frau zurückblieb, geriet sie in absolute Panik. Soviel Geld empfand sie als bedrohliche Last.

Deshalb erfüllte sie vom ersten Augenblick an diese Tatsache mit großer Angst.

Obwohl ihre Mareile räumlich weit von ihr entfernt lebte, fühlte sie sich allein ihrem Kind absolut eng verbunden.

Mareile galt ihr als einzige Bastion des Vertrauens.

Durch tägliche Telefonate, die mitunter immens lange dauerten, wuchs eine liebevolle Stimmung, die ihr wohltat und heilsam über die erste tiefe Trauer um den geliebten Mann hinweghalf.

Allmählich entwickelte sich das Telefon für sie zum seelischen Halt. Wenn Helma dann durch die großen leeren Räume des Hauses ging und die Dielen unter ihren Schritten knarrten, wurde ihr von Tag zu Tag bewußter, wie allein sie eigentlich war.

Mehr und mehr fand sie ihr Verbleiben in dem riesigen Haus ohne Sinn. Zudem glich ihr Leben darin einem Kreisel ständig erdrückender Erinnerungen.

Gelegentliche Besuche von Freunden gestalteten sich irgendwie anders als zu Lebzeiten Heinrichs.

Die Menschen blieben zwar die gleichen, doch sie sprachen anders, gaben sich anders. Helma hätte nicht beschreiben können wie oder was, aber sie fühlte, sie alle waren nur Heinrichs Freunde. Deshalb stimmten sie solche Besuche eher traurig, als daß sie ihr Ablenkung brachten.

Vielleicht deshalb entwickelte sich das Telefon immer deutlicher zu einem magischen Punkt in ihrer neuen Lebensführung.

Doch Telefone strahlen keine Wärme aus, können menschliche Nähe nicht ersetzen.

Wochen, Monate zogen ins Land, täglich steigerte sich für Helma der Wunsch nach Veränderung. Das Haus der gemeinsamen Tage drohte sie zu verschlingen, irgend etwas mußte sie unternehmen, damit ihr Leben neuen Schwung bekam, sonst würde sie eines Tages im eigenen Trübsal ersticken.

Wie oft hatte Mareile sie schon gebeten.

„Mutti, nun komm doch mal endlich. Ich kann im Augenblick nicht! Ich möchte die weite Reise dem Baby nicht zumuten!"

Selbstverständlich hatte Helma dafür Verständnis, aber so verrückt war sie nach der Fliegerei auch wieder nicht, deshalb hatte sie noch kein Versprechen abgegeben. Irgendwann entwickelte sie dann eine für sich ganz praktikable Idee. Wenn sie schon ihrem Leben neuen Schwung geben wollte, warum sollte dieser Schwung dann nicht gewaltig ausfallen.

Wenn Mareile den Mut hatte, nach Amerika zu gehen, warum konnte sie als Mutter nicht gleichermaßen den Mut dazu aufbringen. Wobei es sich zusätzlich auch noch um einen Akt von Familienzusammenführung handelte. Schließlich stellte sie den kompletten zweiten Teil der Familie dar.

Obwohl Helma beiweitem nicht als Mensch schneller Entschlüsse galt, entschied sie sich kurzerhand für diese Lösung. Als Mareile von der Absicht der Mutter am Telefon hörte, quietschte sie vor Glück!

Die sogenannten Freunde allerdings, kippten vor Schreck auf den Rücken.

„Nach Amerika bist du verrückt, in deinem Alter!"

Man kümmerte sich merkwürdig intensiv um Helma, als hätte sie nicht alle Tassen im Schrank und betrommelte sie mit Warnungen aller Art. „Überlege dir das reiflich. Amerika! Bleibe im Land und nähre dich redlich!“

Aber je mehr die Menschen düster auf sie einredeten, um so mehr wuchs ihre Freude daran, jenes Abenteuer zu starten. Und sie startete, beinahe im Tempo eines Düsenjägers. In Windeseile verkaufte sie das Haust, blitzschnell überwies sie alles Geld nach Amerika und ebenfalls so fix glänzte ein Flugticket in ihrer Hand.

Selbstverständlich erntete sie von allen Seiten verständnisloses Kopfschütteln, aber das hinderte sie nicht an ihrem Vorhaben. Glücklich lächelnd winkte sie noch einmal von der Gangway ihren Freunden zu und schon war sie im Innern des Flugzeugs verschwunden.

Der Flug hätte Tage dauern dürfen, so richtig fand sie ihre Entscheidung. Zufrieden lehnte sie sich in dem samtenen Sessel zurück. Ihr Herz hüpfte vor Wiedersehensfreude, während die kleine Streichholzschachtelwelt da unter ihr hinwegzog.

Und wenn ihr auch Heinrich sehr fehlte, von nun an wartete in Amerika eine ganze Familie auf sie.

Sie geriet fast in Verzückung bei dem Gedanken.

Allein, wenn sie sich den Augenblick vorstellte, den kleinen Enkel in die Arme zu schließen. In rosa Träume gehüllt verflog dieser Flug ihr wie im Fluge.

Und alles erfüllte sich!

Die kleine Familie empfing sie wild winkend am Flugplatz. Als sie das Baby in ihre Arme nahm, hätte sie zerspringen können vor Glück.

Der kleine Spatz duftete nach feinen Babyseifen und wirkte derart zart, daß sie Angst hatte richtig zuzugreifen. Ihr ganzes Augenmerk galt ihrem Enkel, erst im zweiten Augenblick nahm sie die Tochter wahr. Reifer, fraulicher, erschien sie ihr, seit dem letzten Besuch. Die kräftigen Haare hatte sie mit einem grünen Tuch zu einem kleinen

Dutt zusammengewirkt, rötlich getönt unterstrichen sie ihre grünen Augen. Die auffallend grünen Augen hatte Mareile vom Vater geerbt. Ganz zuletzt beachtete sie den Schwiegersohn.

Er blieb bei der wilden Begrüßung von Mutter und Tochter ein bißchen im Hintergrund, eine nette Geste. Komisch, auf den Fotos wirkte er weitaus seriöser, seine etwas ausgebeulten, schmuddeligen Jeans paßten eigentlich nicht zu einem Mann, der vornehmlich in der Chefetage agierte.

Das einzige was Helma trotz der etwas hektischen Begrüßung auffiel, waren seine dünnen angewachsenen Ohrläppchen, dazu ebenso dünne, reichlich verkniffene Lippen. Zudem wirkte sein Gesicht ziemlich ungepflegt, denn hier und da hatte er beim Rasieren wohl kleine Inselchen übersehen.

Immerhin nichts schlimmes, weltbewegendes aber es fiel ihr auf und setzte ein merkwürdiges Gefühl von Ablehnung in ihr Herz.

Wie auch immer, fröhlich schwatzend gingen sie gemeinsam zu dem parkenden Auto.

Erst beim Einsteigen gab sie den kleinen Enkelsohn wieder her. Natürlich konnte sie sich nur mit Mareile richtig unterhalten. Denn bei den eiligen Vorbereitungen war ihr vollkommen entgangen, daß sie eigentlich nur wenig Englisch sprach. Deshalb nickte Tom ihr auch nur freundlich zu und plinkerte andauernd mit den Augen. Entweder wollte er auf diese Art lässig seine Verlegenheit überspielen oder seine Sympathie zeigen. Darüber war sie sich nicht ganz klar.

Während sie eine riesige Straße entlangfuhren, plauderte Mareile über die Ereignisse der letzten Wochen. Unter anderem berichtete sie der Mutter von der Absicht, in den nächsten Tagen umzuziehen.

Das Haus in dem sie jetzt lebten sei zu klein, meinte Mareile. Schließlich sollte Großmutter einen ganz separaten Teil des Hauses für sich haben.

Helma war begeistert, welche Fürsorge!

Sie bogen von der Autobahn ab und fuhren eine wunderschöne Straße entlang, die an kleinen Hügeln und dichten Wäldern vorbeiführte.

„Ich wußte gar nicht, daß Amerika so grün ist", bewunderte Helma die schöne Landschaft, als sie gerade in ein riesiges Tor einbogen, ein hohes schmiedeeisernes Tor mit einem bunten Wappen.

Welch eine Auffahrt, dachte Helma, von Ferne sah man am Ende einer üppigen Baumallee ein fast schloßähnliches Gebäude liegen, hohe Säulen umrahmten das Portal.

Helma war baff, daß ihre Tochter in einem solch prächtigen Rahmen lebte, hätte sie niemals gedacht. In diesem Augenblick flogen auch die kleinsten Zweifel bezüglich ihrer Entscheidung wie Schmetterlinge davon. Der Kies knirschte laut unter den dicken Reifen des Wagens. Helma liebte dieses Geräusch, es erinnerte sie an ihr Elternhaus. Insgeheim stellte sie sich die Gesichter ihrer Freunde vor, die sie mit schlimmsten Schilderungen traktiert hatten.

Kaum hatte sie diesen Gedanken zu Ende geführt, fühlte sie sich etwas irritiert. Denn als man bei dem Haus vorfuhr, mußte Helma feststellen, es handelte sich wohl kaum um ein kleines Einfamilienhaus.

Deshalb hielt sie die Frage:

„Wo sind wir hier?"

für angebracht.

„Ach Mutter," erklärte Mareile, „ich habe dir doch erzählt, daß unser Haus sehr klein ist. Damit wir alle genug Platz haben, ziehen wir in den nächsten Tagen in ein größeres Haus. Es hat sich ganz plötzlich ergeben. Wir dachten, es sei für dich viel gemütlicher hier zu wohnen, wo du von vorn bis hinten betreut wirst, als um unsere Umzugskisten herum zu stolpern. Wenn wir in zwei Wochen umgezogen sind, holen wir dich nach Hause."

„Aber solche Umstände brauchtet ihr euch doch nicht zu machen. Warum hast du nichts gesagt, daß ihr umziehen müßt, dann wäre ich später gekommen. Außerdem reichte mir irgend ein einfaches Sofa für die paar Wochen! Hauptsache ich bin bei euch", lenkte Helma ein.

Sicher verursachte es ihrer Tochter auch hohe Kosten für die Unterbringung in einem solch feudalen Haus.

Andererseits überdachte sie ganz schnell, hatte sie ja selbst genug sie würde die Unkosten tragen, was sollte sonst das viele Geld.

Die Sache mit dem Geld interessierte sie im Augenblick nicht. Sie bewegte eher die Tatsache, daß sie sich so weit über den Teich bemüht hatte, um mit ihren Lieben zusammen zu sein und nun sollte sie sich wieder trennen. Kaum angekommen wollte sie aber auch nicht gleich mit irgendwelcher Kritik loslegen.

Helma versuchte Haltung zu bewahren und blieb gespannt, was da weiter auf sie zukam. Eh sie sich versah, hatte man ihr Gepäck ausgeladen, eine Frau in dunkelblauem Kostüm kam überfreundlich auf sie zu.

„Guten Tag Frau Franz, ich bin Frau Troger die Hausdame, wir begrüßen sie recht herzlich. Hatten sie einen guten Flug?" sprach sie in akzentfreiem Deutsch.

Ein Hausdiener mit einer riesigen grünen Schürze, die beinahe ein bißchen unter den Armen klemmte, griff wortlos nach ihren Koffern und schleppte sie, leicht schlurfend unter der Last, ins Haus.

„Bitteschön", deutete Frau Troger mit einladender Geste, „treten Sie ein, wir hoffen, daß sie sich hier wohl fühlen!"

Beinahe trippelnd lief sie neben Helma her, als müßte sie jeden Schritt von ihr bewachen.

Tom und das Baby blieben merkwürdigerweise gleich im Auto. Mareile begleitete sie noch mit in die Halle, in der ein großer Kronleuchter mit hunderten von kleinen Kristalltropfen den Raum mit Geglitzer erfüllte.
„Mutti wir wollen los, wir müssen noch einige Kilometer fahren, ich rufe dich gleich morgen früh an! Falls irgend etwas ist, hast du ja unsere Telefonnummer, du mußt nur die Vorwahl für Amerika weglassen! In ein zwei Stunden sind wir sicher daheim! Wir freuen uns auf dich, heute sollst du dich erst einmal ausruhen!"
Mareile nahm sie fest in die Arme, drückte ihr einen Kuß auf die Wange und verschwand, eh Helma ihrem Erstaunen über die seltsame Situation Ausdruck verleihen konnte.
„Wir haben für sie ein kleines Appartement im ersten Stock ausgesucht, wir hoffen es wird ihnen gefallen...."
Wie ein Tonbandgerät ratterte die Hausdame ihren Empfangsreim herunter.
Helma konnte ihr geistig nicht folgen!
Denn wenn sie es recht überlegte, hatte die kleine Familie sich verdrückt, sie in diesem tollen Hotel abgesetzt, sie einfach allein gelassen.
Was ging hier vor?
Andererseits hörte sich die ganze Geschichte auch wahnsinnig rücksichtsvoll und umsichtig an, daß sie nicht mit in das Umzugsgetümmel einbezogen werden sollte.
Aber warum hatte Mareile nichts davon angedeutet, als sie noch in Deutschland weilte. Sie wäre dann einfach später gekommen...
Noch einige Kilometer hätten sie zu fahren...!
Warum wurde sie in so weiter Entfernung abgesetzt.
In der Eile hatte sie völlig vergessen zu fragen, wo denn der Umzug hinging. Sicher zog man hier in die Nähe, deshalb... beruhigte sich Helma.

Von den außergewöhnlichen Strapazen fühlte sie sich noch dermaßen benommen, daß sie die plötzlichen Entwicklungen der letzten Minuten nicht für sich einordnen konnte.
Aber reichlich merkwürdig fand sie die Angelegenheit schon!
Das Haus gehörte wirklich zur absoluten Spitzenklasse. Die Zimmer wirkten überaus reichlich ausgestattet, ganz nach ihrem Geschmack mit wertvollen alten Antiquitäten bestückt.
Gardinen, Teppiche und Tapeten hielten sich in zarten rosa und leicht grünen Pastelltönen und vermittelten dem Betrachter den Eindruck, er befände sich in einem voll erblühten Frühlingsgarten. Als Helma aus ihren Gedanken auftauchte, war die Tonbanddame immer noch dran.
„Sie verfügen auch über eine kleine Miniküche, dort besteht die Möglichkeit, sich kleine Gerichte selber zu kochen. Aber sie können jederzeit ihr Essen unten im Restaurant bestellen...“
Die gründliche Hausdame hielt noch eine endlose Kette von Hinweisen für die Benutzung dieses Appartements parat, doch Helma schwirrten die abenteuerlichsten Überlegungen bezüglich der seltsamen Erlebnisse durch den Kopf. Es mußte später Nachmittag sein, denn Frau Troger endete ihren Vortrag mit den Worten:
„Wir erwarten sie in einer halben Stunde in unserem Speisesaal im Erdgeschoß.“
Als sich die Tür hinter ihr schloß, ließ Helma sich erschöpft auf den dicken Sessel direkt am Fenster fallen. Ihr erster Eindruck, von dem herrlichen Anwesen, hier handelte es sich um ein Haus vom Feinsten, bestätigte sich in allen Ecken.
Dazu gestaltete sich die Landschaft rundherum ähnlich wie ihr Park im Grunewald in der fernen Heimat.
So gesehen konnte sie sich gleich heimisch fühlen.

Doch das war wohl kaum Sinn der Sache, sie hatte nicht diese ganze Prozedur auf sich genommen, um sich in irgendeinem Hotel wohl zu fühlen. Hotels gab es auch in Deutschland.
Sie wollte bei der Tochter sein, für immer!
Ganz eng lehnte sie ihren Kopf ans Polster, gleich fühlte sie sich besser. Am liebsten wäre sie in dem Stuhl eingeschlafen. Aber das ging nicht, denn in einer viertel Stunde sollte sie zum Essen hinunter kommen.
Genaugenommen verspürte sie keinen Hunger, zu viele Eindrücke sausten durch ihren Kopf. Dazu empfand sie einen leichten Schmerz in den Schläfen.
Die Koffer standen noch schräg und quer im Zimmer, so wie der Hausdiener mit der grünen Schürze sie abgestellt hatte. Ihr guter Mantel lag leicht zerdrückt darüber.
Normalerweise hätte sie ihn schon ordentlich auf einen Bügel gehängt. Aber es war nicht nur bleierne Mattigkeit, die sie auf dem Sessel hielt. Sie spürte für sich, daß es im Augenblick wichtigere Dinge zu überdenken gab, als einen zerknitterten Mantel.
Jedes einzelne Wort was Mareile in dem kurzen Zusammensein gesprochen hatte, knöpfte sie sich noch einmal akribisch vor und beleuchtete es nach Klang und Farbe.
Einerseits schien alles einfach und plausibel, andererseits gab es vorn und hinten keinen Sinn. Vielleicht reagierte sie auch nur aus purer Erschöpfung so hypersensibel, daß sie am Ende Gespenster sah.
Deshalb sprach sie ganz leise für sich selbst:
„Du mußt nicht zuviel nachdenken. Du bist in Amerika, hast alles geschafft."
Gleichzeitig schimpfte sie mit sich selbst, so pessimistisch zu sein, was sollte schon passieren, ihre kleine Mareile wüßte sicher was richtig sei.
Schließlich kannte sie sich schon fast zwanzig Jahre in die-

sem großen unübersichtlichen Land aus. Egal, was sie sich auch als Trost zurechtlegte, während sie mit geschlossenen Augen im Sessel saß, wurde sie einfach eine gewisse Beklemmung nicht los. Beinah so, als sei sie in einen starken Regen gekommen und hätte vergessen die durchnäßten Sachen auszuziehen. Obwohl sie in einem warmen, trockenen Sessel saß, fröstelte sie, überkam sie eine fürchterliche Gänsehaut.

Urplötzlich sehnte sie sich nach einem heißen Tee.

„Komm Helma", rief sie sich nach ihrem depressiven Gegrüble selbst zur Ordnung, „reiß dich zammen, geh zum Abendbrot!"

Ruckartig erhob sie sich, hing mit ein paar geschickten Handgriffen den Mantel auf den Bügel, wusch sich die Hände in dem kleinen weiß gekachelten Badezimmer und zupfte die Haare ein bißchen zurecht. Ja sie legte sogar die Koffer aufs Bett und öffnete sie, bereit sie auch irgendwann auszupacken.

Auf jeden Fall ein Anfang!

Beinahe hätte sie die kleine Angst in ihrem Nacken vergessen, die sie da seit ein paar Stunden in den Griff kriegen wollte, wenn da nicht schon wieder gewisse Merkwürdigkeiten auf sie zugekommen wären.

Als sie beispielsweise den Speisesaal betrat, fiel ihr gleich in der ersten Sekunde auf, daß dieses Hotel zwar über eine Menge freundlich umherhuschende Kellnerinnen verfügte, sich das Publikum aber altersmäßig weit im dritten Drittel des Lebens befand.

An fast jedem Tisch saßen vier steinalte Männer oder Frauen. Weiße Häupter, so weit das Auge reichte.

Helmas Haare zeigten dagegen ein sanftes Braun. Schön, sie tönte sie seit ein paar Jahren, aber nur weil sich hier und da ein Silberfädchen zeigte. Sie befand sich wohl mit vierundsechzig noch in den besten Jahren.

Nur eine einzige von den Frauen hatte quietschrosa Haare. Sie wirkte wie ein schrilles Röschen in grauem Meer.

Helma schaute sich suchend nach einem freien Platz um. Schon eilte Frau Troger herbei. Freundlich ging sie voran: „Hier Frau Franz, an diesem Tisch haben wir sie plaziert. Darf ich vorstellen, Frau Riefenstahl", dabei zeigte sie auf eine kleine Mumie mit schlohweißen Haaren.

Helma fiel in diesem Augenblick nichts anderes ein als „Mumie", denn bei näherer Betrachtung konnte man feststellen, daß jeder Millimeter des Gesichts in kleine Faltenbereiche eingeteilt schien.

„Frau Bollmann", deutete sie auf die zweite Tischnachbarin, ein ebenfalls uraltes Gestell, aber im Gegensatz zu der runzeligen Backpflaume, prall und kugelrund. Diese Frau schien aus lauter aufeinandergesetzten Kugeln zu bestehen. Eine kleine Kugel obenauf, mußte der Kopf sein. Doch auch ihn krönte ein rundes Gebilde, nämlich ein kugelrunder Dutt. Er wirkte wie ein grauer Ball, der irgendwie rein zufällig obenauf hängenblieb.

„Und dies ist ihr Tischnachbar Herr Rabe", stellte sie den dritten im Bunde vor. Herr Rabe trug seinen Namen zurecht, ihn zierte eine furchtbar dünne, lange Nase, die ihm tatsächlich das Aussehen eines Vogels verlieh. Zudem trug er einen rabenschwarzen Anzug, der diesen Eindruck vervollständigte.

Nur befand sich der Vogel wohl gerade in der Mauser. Sein Kopf zeigte sich nämlich weitgehend kahl, lediglich ein paar vereinzelte fettige Strähnchen zierten die sonst spiegelblanke Glatze.

Helma wunderte sich über sich selbst, woher sie den Humor und die Kraft nahm, dieses etwas makabre Szenarium noch so heiter zu betrachten.

„Ich darf ihnen Frau Franz aus Berlin vorstellen, sie wird ab heute diesen Tisch mit ihnen teilen." Helma verstand zwar nicht, warum diese Frau alles derart feierlich gestaltete, wo sie ja in wenigen Tagen wieder abreiste, aber was sollte es...

Die Aussicht mit solch einem Witzfigurenkabinett vielleicht den Rest des Lebens verbringen zu müssen, durchzuckte sie als gräßlichste Vorstellung, zumal sich der kommunikative Ablauf mehr als beschwerlich gestaltete.

Während die kleine Mumie, Krümel um sich spuckend, auf sie einschwatzte, starrte die runde Frau stumm mit ebenso kugelrunden Augen unentwegt zum Büfett hinüber, ob sie auch ja nichts verpaßte.

Auch Herr Rabe zeigte an ihr nicht das geringste Interesse. Er konzentrierte sich voll auf seinen Teller und verfolgte den absoluten Ehrgeiz mit großer Geschicklichkeit jedes klitzekleine Häppchen fein säuberlich aufzupieken, ehe er es zum Munde führte.

Welch ein Empfang, in dieser Gesellschaft kriegte sie auch nicht den kleinsten Bissen runter. Ziemlich verstört umklammerte sie mit beiden Händen ihren Tee und ließ weitgehend ihre Blicke durch den Saal gleiten. Je länger sie schaute, um so mehr erstarkte ihre Gewißheit darüber, dieses Hotel hatte einen gewaltigen Haken.

Und dann geschah es!

Jemand rief laut: „Schwester!"

Wie ein Geschwür brach es in ihr auf!

Die Erkenntnis darüber, daß sich ihre leisen Ahnungen zu harter Realität herauskristallisierten.

„Ich bin in einem Altenheim!"

Für Sekunden erschien ihr dies, als hätte man sie lebend in ein Grab geworfen. Gleichzeitg löste aber diese schreckliche Wahrheit auch eine tiefe Empörung in ihr aus.

Was hatte Mareile sich dabei gedacht.

Hier blieb sie keine Minute länger! Festentschlossen, sofort etwas zu unternehmen, stand sie auf.

Schnurstracks lief sie auf die Hausdame zu.

„Wo kann ich hier bitte telefonieren?"

„Sie haben ein Telefon auf dem Zimmer, aber sie können auch gerne hier mit in mein Büro...!"

„Dankeschön, ich gehe auf mein Zimmer.!"

Noch besser, so hörte niemand, was sie mit der Tochter sprach. Tatsächlich stand auf der kleinen Kommode gleich neben dem Bett ein Telefon. Helma schüttelte, während sie die Nummer wählte, energisch mit dem Kopf. Sie ließ ja eine Menge mit sich machen, aber das war eine Ecke zu viel...

In ein Altenheim!

Mareile mußte sie sofort holen! Und überhaupt, sie konnte doch beim Umzug helfen! Das durfte sie absolut keinem Menschen erzählen, daß ihre Tochter sie wie einen Mantel an der Garderobe ablegte.

Nicht mal für eine Tasse Kaffee hatte sie Zeit, wo sie sich eine Ewigkeit nicht gesehen hatten!

Ein schöner Empfang!

Ihre Empörung steigerte sich mehr und mehr.

Der Ruf ging durch. Sie ließ es bereits mehrfach klingeln, aber niemand nahm auf der anderen Seite den Hörer ab. Sie schaute auf die Uhr, die Zeit seit dem überstürzten Abschied erschien ihr wie eine Ewigkeit, dabei waren erst zwei Stunden vergangen.

Helma beschloß, nicht mehr zum Tisch zurückzugehen.

Sie blieb lieber in ihrem Zimmer, zog sich aus und legte sich ins Bett. Völlig erschöpft schlief sie ein.

Als sie wieder erwachte lachte der nächste Morgen voller Sonnenschein ins Fenster. Auch wenn sie wenige Augenblicke brauchte, um sich zurechtzufinden, denn schließlich handelte es sich um ihr erstes Erwachen im fernen Amerika, so griff sie doch sofort zum Telefon.

Wieder klingelte und klingelte es, doch niemand nahm ab...
Anfangs durchschoß sie die Sorge, es sei etwas passiert...
Wenn sie heute an diese Zeit zurückdachte, erschien ihr die ganze Geschichte immer noch als unvorstellbar.
Tagelang versuchte sie verzweifelt, dieses Telefon dazu zu bringen, ihre heißgeliebte Mareile herbeizuschaffen. Die sonst täglichen Anrufe ihrer Tochter blieben ebenfalls aus.
Von Tag zu Tag bestätigten sich ihre Befürchtungen mehr und mehr.
Sie hatte ihrem Kind zu sehr vertraut!
Denn dummerweise befand sich das gesamte Geld bereits auf Mareiles Konto. Später wollte sie sich ein eigenes Konto einrichten. Mehr als deutlich hörte sie noch die Worte:
„Mutti, wenn du erst einmal hier bist, erledigen wir alles in Ruhe!“
Helma zeigte sich mehr als dankbar für die Hilfe und den Beistand ihrer Tochter...
Eine schöne Hilfe!
Doch so schnell gab sie nicht auf. Immerhin besaß sie die Adresse. Sie bestellte ein Taxi und los gings! Nicht weit, nur ein paar Kilometer entfernt und sie fand das Haus auf Anhieb.
Welch grausiges Ergebnis. Das Haus stand leer.
Ein großes Schild gab Auskunft darüber: „Zu vermieten!“
Weit und breit war keine kleine Familie mit Mareile, dem duftenden Enkel und dünnlippigem Schwiegersohn zu sehen. Sollte sie die Botschaft, Polizei, Feuerwehr, Rechtsanwälte und Detektive bemühen?
Dabei würde sie vielleicht ihr Geld zurückbekommen, aber nie ihr Mareile. An jenem denkwürdigen Tag fiel sie lediglich dem Taxifahrer tränenreich in die Arme. Ihm erzählte sie komplett ihre schreckliche Geschichte. Doch der verstand sie rein sprachlich nicht. Trotzdem kramte er

voller Mitgefühl all seine Papiertaschentücher aus dem Handschuhfach, streichelte ihr zärtlich über den Kopf und murmelte unentwegt:

„Poor Girl!"

Irgendwann fuhr er sie dann wieder zurück in das wunderschöne Haus, mit dem Torbogen und dem Wachsfigurenkabinett an ihrem Tisch.

Schließlich blieb das ihr einziges Zuhause.

Ein bißchen Verantwortungsbewußtsein mußte allerdings noch in ihrer Tochter schlummern, denn niemand hat sie je um eine Zahlung gebeten.

In die Heimat zurückkehren hielt sie für unmöglich, denn das Geld was sie bei sich trug, verbrauchte sich schnell für Kleinigkeiten.

Die Konten in Deutschland waren radikal aufgelöst. Und überhaupt was sollte sie da, Scham würde sie in der Luft zerreißen. Niemals wollte sie von den Machenschaften, denen sie zum Opfer gefallen war, ihren Freunden und Bekannten erzählen.

Sie schämte sich abgrundtief für Mareile.

Trotzdem blieb ganz tief in ihrem Herzen eine große Liebe zu ihrem Kind. Und weil das so war, erstarb jedes Wort auf ihren Lippen und deshalb verschloß sie die Ohren vor dem Rest der Welt.

Beruf Mutter

Das „Muttersein" in unserer Gesellschaft ist nicht mehr sehr geschätzt. Kinder soll es zwar weiterhin geben, denn nur mit ihnen geht das Leben auf der Erde weiter. Unbedingt muß es sie geben, denn was würde sonst aus den Arbeitsplätzen in der Windelindustrie.

Ganz abgesehen davon sind so kleine Menschen doch auch ganz putzige Dingerchen, die man in niedliche Kleider stecken und mit biodynamischem Fertigbrei füttern kann.

Man möchte ja auch keinesfalls auf sie verzichten, nur hat niemand mehr so richtig Zeit dafür.

Seit der heiligen Emanzipation ist diese Art von Lebensaufgabe rein gesellschaftsmäßig nicht mehr so doll gefragt. Vielleicht auch deshalb, weil alte Werte, wie insbesondere Treue, Zusammenhalt, Geborgenheit, in einer Ellenbogengesellschaft mehr oder weniger als abgehakt gelten.

Menschen unserer Zeit leben einander die absolute Individualität aus. Freiheit, Lebensgenuß, Selbstfindung sind Schlagworte für intensive, bewußte Lebensführung.

Um dies besser zu verwirklichen, neigt man sehr schnell zum Partnerwechsel oder zum pflegeleichten Singleleben. Nicht unbedingt ein familienförderliches Verhalten und Kindern schon gar nicht recht, denn diese sehen Eltern gern im Zweierpack und friedlichem Verbund.

Und weil das so ist, und der weibliche Teil unserer Gesellschaft nicht gerade scharf darauf, irgendwann schmollend als Sozialfall in der Ecke zu landen, hat sich die kühl berechnende Frau entwickelt.

Aus dem großen Heer der Heimchen am Herd, die zu früheren Zeiten noch brav dem schwer schuftenden „Vatter“ die Pantoffeln reichten, sind dynamisch, strategische Geschäftsfrauen geworden.
Bei solchen nun karrierebewußten Frauen, steht ähnlich wie beim männlichen Genossen, beruflicher Aufstieg, Geld, vor allem sicherer Verdienst, um von niemandem abhängig zu sein, als oberstes Ziel der Zukunftsplanung.
Sind beim Zeugungsakt Kindergartenplatz und Wiedereinstieg ins Berufsleben nicht gewährleistet, wird der Kinderwunsch unweigerlich auf die Warteliste verbannt. Und sollte mal hier und da eine Frau den Mut finden und die Absicht zeigen, auf berufliches Weiterkommen zu verzichten, weil sie sich der Aufzucht des Nachwuchses widmen möchte, muß sie starke Nerven haben.
Denn die liebe Gesellschaft sinkt keinesfalls dankbar auf die Knie!
Obwohl das Land Kinder braucht, wird das arme Dummchen bedauert und belächelt. Obenauf wird mit schlauen Sätzen, meist aus näherer Umgebung, nicht gespart:
„Meine Liebe, Kinder sind wahrlich nicht alles! Sieh zu, daß du einen Beruf erlernst, sonst sitzt du, wenn die Kinder groß sind, da und guckst dumm aus der Wäsche!“
„Das A und O für eine Frau heute, ist erst einmal der Beruf damit du, wenn nötig, auf eigenen Beinen stehen kannst!“
„Paß auf, daß du nicht irgendwann verblödest, den ganzen Tag nur Windeln wechseln, Breichen kochen und Staub saugen, kann es nicht gewesen sein...!“
Bei solchem Gequatsche könnte man denken, ein Kind großziehen wäre eine geisttötende Tätigkeit, ähnlich wie Perlen auf einen Faden ziehen oder Streichhölzer der Länge nach sortieren.
Dabei handelt es sich hier um eine Aufgabe, die pädago-

gisches Talent voraussetzt und bei der psychologisches Kalkül gefragt ist, wenn das Werk gelingen soll. Für alles in unserem wohlgeordneten Leben gibt es eine Ausbildung, eine Prüfung, zumindest einen Leistungsnachweis. Ob es gilt, einen Schrank aus Holz zu bauen, eine Wasserleitung anzuschließen oder ein Auto durch den Straßenverkehr zu lenken, eine Qualifikation muß sein! Allein, einen Menschen auf diese Welt zu setzen und ihn auf den Weg des Lebens vorzubereiten, da darf jeder herumbasteln, wie er gerade meint. Naturnah überläßt man das, wie bei Enten, Hühnern, Gänsen den puren Instinkten der Eltern.

Man vertraut, daß Eltern es einfach gut meinen mit ihrem Nachwuchs. Man vertraut deshalb so blind, weil es in freier Wildbahn, bei Hasen, Igeln und Vögeln so gut klappt.

Mit Sicherheit gibt es eine Menge brave Eltern, die ihr absolutes Augenmerk auf ihre jungen Menschlein halten. Doch spätestens dann entgleisen diese guten Vorsätze, wenn sich langsam zeigt, wie weit solche Mütter beim Karrierewettlauf auf der Strecke bleiben. Wenn dann noch finanzielle Rückschläge die Haushaltskasse plündern, ist es so weit.

Gleich werden Abschiebeaktionen, egal welcher Art, eingeleitet. Da werden Babys, sobald sie quengeln, kurzerhand an Dauerteefläschchen, wie an eine Säuglingsdroge gehängt, bis das Milchgebiß verfault.

Später wird dann, um Ruhe vor den Quälgeistern zu haben, der Fernseher von morgens bis abends als Kindermädchen mißbraucht. Kindergärten, Schulen oder geplagte Großmütter werden zum Aufbewahrungort deklariert.

Mutter, Vater, die eigentlichen Bezugspersonen, entwickeln sich immer mehr zu raffinierten Abschiebern.

Somit mausern Kinder sich sehr schnell zu einem gynäkologischen Abfallprodukt.

Schade.

Gesine

Jeder Mensch braucht einen Platz an dem er sich wohlfühlt. An den er gern zurückkehrt, die Türe hinter sich schließen kann und die Welt draußen läßt.

Während Gesine ein Buch nach dem anderen aus dem Regal nahm, abstaubte und wieder an seinen Platz stellte, überkam sie eine schreckliche Unzufriedenheit.

Für sie gab es scheinbar kein Eckchen, wo sie ihre Bedürfnisse ausleben konnte, sich einfach ihren Träumen hingeben konnte, wo sie sein durfte, wie ihr gerade zumute war. Sicher hatte sie ein Zuhause, auch wunderbare Eltern, aber irgendwie puckerte in ihr, wie in jedem jungen Menschen, ein zwingendes Bedürfnis endlich die eigene kleine Individualität herauszulassen.

Hier in der Bibliothek zwischen stummen Regalen mit verstaubten Büchern, die schon einen recht abgegriffenen Eindruck machten, weil sie viele Male von Hand zu Hand gegangen waren, lauerte wahrlich nicht das große Abenteuer.
Und darin lag ja gerade die Diskrepanz. Sie kannte fast alle Bücher, in ihnen wimmelte es förmlich von heißem, glühendem Erleben.

Nur für sie fiel scheinbar nicht das kleinste Häppchen davon ab. An manchen Tagen fühlte sie sich wie die Exemplare da im Regal: Innerlich sprühend und knisternd vor Spannung, äußerlich staubig, auf neue Leser wartend.

Gesine mußte bei diesem Gedanken lachen.

Die Leser hätten an ihr sicher keine rechte Freude, denn in

ihrem kurzen jungen Leben gab es kaum Seiten aufzuschlagen.
Ihre Geschichte sollte ja erst noch starten.
Nur wann?
Wie ein großer Ballon schwebte diese Frage über ihrem Haupt.
Oh, sie gebärdete sich mitunter fürchterlich ungeduldig, manchmal mußten die armen Bücher unter ihren Stimmungen leiden. Energisch und laut hörbar stellte sie eins nach dem anderen wieder abgestaubt ins Regal.
Zu ihrer Ungeduld gesellte sich auch noch eine erstickende Enge. Sie fühlte sich total gefangen, eingekerkert, manchmal wie gefesselt, allerdings liebevoll gefesselt von ihrem Elternhaus. In einem Elternhaus, das mit nichts anderem beschäftigt war, als sie von dem wunderbaren, spannenden Leben zurückzuhalten.
„Sei froh, daß du eine Stellung hast, laß dir Zeit, irgendwann wird schon der richtige Mann kommen!"
Dauernd machte man sie darauf aufmerksam, wie gut es ihr ging. Wobei die finanzielle Lage der Familie sehr zu wünschen übrig ließ, denn der Vater verspekulierte sich dauernd an der Börse.
Gesine, ein stilles Mädchen, gehorchte brav den Eltern.
Noch!
So wütete dieser Drang nach Freiheit in ihrem Herzen.
Niemand hätte in dem ruhigen Persönchen solch ein Feuer vermutet. Dabei galt sie in der Schule als wenig kontaktfreudig, wie sollte man auch mit einem Menschen ins Gespräch kommen, der dauernd seine Nase in irgendwelche Bücher steckte. Nur zu Klassenarbeiten begehrte man sie sehr, denn als Streber verschrien, lohnte es sich bei ihr abzuschreiben.
Selbst ihre Freizeit verbrachte sie nur mit Büchern. Ein gutes Buch, eine Tasse Tee bedeutete schon völlige Zufrie-

denheit. Sie verkörperte den klassischen Bücherwurm. Deshalb schien für sie der ideale Platz hier in dieser Bibliothek zu sein, meinten die Eltern...

Gesine erinnerte sich noch ganz genau, wie der Vater freudestrahlend nach Hause kam. Die Mutter und sie reckten gerade die Bettwäsche in der Küche. Ganz dicke leinene Laken, steif wie Bretter. Erst wenn Mutter sie tüchtig einsprengte, gelang es, die Tücher einigermaßen glatt zusammenzulegen.

„Hallo, hallo", rief der Vater schon an der Türe.

Mutter lächelte:

„Wollen wir wetten, heute hat er eine gute Nachricht?"

Denn normalerweise schloß Vater die Tür auf, ging ins Wohnzimmer, schmiß sich in den Sessel und verschanzte sich hinter der Zeitung.

„Wo seid ihr Weibsleut?" rief er dann ziemlich energisch und ein normaler Abend nahm seinen Lauf.

Der Tisch wurde gedeckt, ohne daß er von seiner Zeitung abließ und egal wie sie mit den Tellern klapperten, er drehte sich erst um, wenn duftende Speisen aufgetragen wurden.

Gingen die Geschäfte gut, plauderte man munter, wenn nicht, schwieg man besser.

Diesmal sollte es ein ganz anderer Abend werden.

„Kinder, Kinder schaut nur was ich für meinen kleinen Bücherwurm ergattert habe!" Dabei hielt er, wie ein Fähnchen, ein weißes Schriftstück hoch.

„Arbeitsvertrag" las Gesine als Überschrift.

In kurzen knappen Ausführungen berichtete er, wie er Freund Karl Weinheimer bei der Stadtbibliothek überredet hatte, für Gesine diesen kleinen Posten einzurichten. Darüber freute sich der Vater so diebisch, daß Gesine nicht wagte, ihre wahre Einstellung über dieses Vorhaben zu äußern. Denn als Hilfskraft in einer staubigen Kleinstadt-

bibliothek, zu landen, fand sie äußerst mickrig, nachdem sie ihr Abitur so erfolgreich absolviert hatte.
Sie sah sich schon als alte vertrocknete Jungfer um die Regale schleichen.
Ihr Wunsch wuchs immer mehr, ihrem Elternhaus zu entfliehen, um in irgendeiner großen Stadt zu studieren, um endlich frei, frei, frei zu sein...
„Studieren kannst du später", tröstete der Vater sie, „wenn die Finanzen es erlauben. Überhaupt eine so hübsche Prinzessin, wie du, wird sowieso bald heiraten! Sicher lauert da schon ein hübscher junger Kandidat in irgend einer Ecke."
Da konnte der Vater lange warten, denn sie hatte auf Grund ihres mehr als zurückhaltenden Wesens kaum Kontakt zu gleichaltrigen Mädchen, geschweige denn zu Jungen.
Weil sie ihr Leben nur mit Büchern verbrachte, galt sie als stinklangweilig.
Dabei zählte sie absolut zu den hübschen Mädchen. Mit ihrem kräftigem blonden Haar, den blauen Augen und einer großen, schlanken Figur, konnte sie sich gut sehen lassen.
Einige von ihren Mitschülerinnen befanden sich bereits in festen Händen. Kurz nach dem Abitur wechselten einige von ihnen sogar gleich in den heiligen Stand der Ehe. Bei ihr reichte es nicht einmal zu einer Freundschaft. Genaugenommen war sie bisher ungeküßt, total unberührt, wobei sie allerdings schon Tausende von Küssen in tausend Zeilen und Sätzen glühender Leidenschaft in ihren Büchern durchlebte.
Dabei fühlte sie sich wie jemand, der dauernd Kochbücher liest aber niemals eine Küche betritt.
Mitten in ihre Gedanken hinein öffnete sich die Türe und einer ihrer besten Leser trat ein.

Robert Metz, das „M“ auf seiner Karteikarte war schon völlig abgegriffen, denn jede Woche holte er sich eine Menge Lesestoff, den er nach wenigen Tagen auch gleich wieder zurückbrachte. Manchmal hegte Gesine den Verdacht, er schleppte die Bücher nur hin und her. Derart viele Exemplare zu lesen, brauchte ja auch seine Zeit.

Und wie er ihr erzählte, arbeitete er oft bis tief in die Nacht. Als Chefkameramann bei einer großen Filmgesellschaft, leitete er große Projekte, gleich neben dem Regisseur.

Sie hörte ihm gerne zu, denn er kannte viele berühmte Schauspieler aus der Traumfabrik, kam mit ihnen hautnah in Berührung.

Er konnte gut erzählen, spannend formulieren und manchmal versuchte er ihr ganz tief dabei in ihre Augen zu schauen.

Selbstverständlich senkte sie sofort ihren Blick.

Denn dieser Herr R.M. war nun wahrhaftig nicht der Traummann, nach dem sie sich sehnte.

Mindestens fünfzehn Jahre älter, nach ihren Begriffen steinalt, konnte er beileibe nicht das Abenteuer sein, nach dem sie strebte. Dazu wich er rein äußerlich beträchtlich von ihren schönen Helden in den Büchern ab.

Schlicht ausgedrückt fand sie ihn potthäßlich.

Groß, spindeldürr, mit einer ziemlichen Hakennase ausgestattet, erinnerte er sie höchstens an eine Bohnenstange im Garten ihrer Mutter.

Seine Augen vielleicht, groß und braun, an die hätte man sich gewöhnen können.

Allein bei dem Gedanken, seine langen knöcherigen Hände würden sie streicheln, bereitete ihr eine Gänsehaut vom Kopf bis zu den Zehen.

Ihr Traumheld verfügte über dicke schwarze Locken in die man kräftig mit beiden Händen reingreifen konnte.

Dieser Mensch verfügte lediglich über aschblondes Haupthaar, spärlich und dünn, daß man die Kopfhaut ahnte.

„Guten Morgen, Fräulein Gesine!"

„Guten Morgen", grüßte Gesine zurück, „was kann ich für Sie tun?"

„Ein Menge ...," während R.M. mit der abgegriffenen Karteikarte die Titel aufzählte, die er benötigte, schickte sie ihre Gedanken auf die Reise.

Selbst bei wohlwollender Betrachtung kam sie zu dem Schluß:

„Der nicht!"

Heute schon gar nicht, denn das dünne Haar klebte, wohl vom Regen patschnaß, am Kopfe, was ihn nicht gerade erotisch erscheinen ließ.

Wobei sie mit erotischen Dingen überhaupt noch nichts anzufangen wußte.

Mit Sicherheit die wunderbarste Sache der Welt, die dem Leben erst jegliche Würze gab.

Die Menschen in ihren Büchern jedenfalls schwärmten in höchsten Tönen davon.

Wenn sie solche Geschichten las, glühte und brodelte es in ihr und sie verspürte den übergroßen Wunsch, daß sich für sie diesbezüglich sehr bald etwas erfüllen müßte.

„Ich habe mir erlaubt, Ihnen etwas mitzubringen", zog R.M. plötzlich eine langstielige rote Rose aus dem Mantel und reichte sie Gesine wie ein Schwert über den Tisch.

Im ersten Moment wich sie zurück, denn er holte so schwungvoll aus, daß sie für Bruchteile von Sekunden dachte, er wolle ihr die Rose um die Ohren hauen.

Etwas ungeschickt nahm sie das Geschenk entgegen.

Ganz kurz berührten sich ihre Hände. Seine Haut fühlte sich dabei ganz weich und feucht an.

Kein Wunder, bei seinem Beruf kam er kaum an die

frische Luft, kein Sonnenstrahl erreichte ihn, folglich blieb er blaß wie eine Made.
„Außerdem plane ich noch ein Attentat auf sie, ich möchte sie, wenn es ihre Zeit erlaubt, irgendwohin zum Kaffee einladen!“
Er mußte all seinen Mut zusammengenommen haben, ihr das zu sagen, denn erstmalig zeigte sich etwas Farbe in seinem Gesicht.
Eigentlich handelte es sich dabei mehr um seine Ohren, die tomatenrot, wie zwei große Rhabarbablätter links und rechts neben dem weißen Gesicht leuchteten.
Gesine lehnte sofort ab, mit Müh und Not konnte sie ihr Entsetzen darüber verbergen.
Sie murmelte etwas über, „...muß der Mutter helfen ... viel Arbeit ...“ und ähnliche Sachen.
R.M. glaubte natürlich kein Wort, blieb aber trotzdem höflich.
„Na, vielleicht ein anderes Mal!“
An diesem Tag ging er wie üblich mit einem Stapel Bücher unter dem Arm.
Gesine atmete auf.
Erst eine Weile später, lange nachdem die Tür hinter ihm zugefallen war, schaute sie nach der Rose. In aller Ruhe betrachtete sie das tolle Exemplar.
Nun sie kannte rote Rosen, aber niemals hatte sie eine so tiefrote Blüte gesehen. Die Blätter fügten sich samten glänzend ineinander und als sie ihre Nase hineinsteckte schlug ihr ein wunderbarer Duft entgegen.
Sie nahm die Rose mit heim und stellte sie in ihrem Zimmer in eine Vase.
Als die Eltern die Blume entdeckten, hätte man meinen können, jemand hätte in einen Ameisenhaufen gepiekt. Beide taten furchtbar aufgeregt und ließen einen Sturmhagel an Fragen auf sie niederprasseln.

„Von wem..., wer..., was macht dieser Mann, woher ... und, und, und ...!"

„Aber," versuchte Gesine die Wogen zu glätten, „alles harmlos, dieser Mann kommt öfter in die Bibliothek, leiht sich Bücher aus, er findet mich nur nett und freundlich...!"

„Hat er dich zu irgendwas eingeladen?"

Die Mutter blieb beharrlich. Gesine zögerte erst, aber es hatte keinen Sinn, bei ihr zu lügen.

„Ja hat er. Er hat mich eingeladen, aber der interessiert mich nicht, er ist mir viel zu häßlich und zu alt!"

„Zu alt, wieviel älter ist er denn?"

„Fünfzehn Jahre!"

„Ach Du großer Gott," die Mutter schlug die Hände über dem Kopf zusammen.

„Auch das noch, nimm dich in acht, solche Männer geben nicht so schnell auf!"

Die Eltern schienen völlig aus dem Häuschen. Eine große Unruhe hatte sie erfaßt. Vielleicht weil sich bis zu diesem Zeitpunkt noch niemand für sie interessiert hatte.

Als Gesine am nächsten Tag zur Bibliothek aufbrach, hatte sie das Gefühl die Mutter wäre am liebsten mitgegangen.

Aber wie das mit Müttern ist, sie hatte Recht.

Bereits zwei Tage später tänzelte R.M. schon wieder mit den angeblich ausgelesenen Büchern zur Tür herein. Es reizte Gesine fürchterlich, zu testen, ob er überhaupt alles gelesen hatte.

„Sie denken auch, was macht der mit den vielen Büchern. Ich schwöre, ich habe alle durchgeschmökert!"

Und als könnte er ihre Gedanken lesen, forderte er sie auf, ein Buch nach ihrer Wahl in die Hand zu nehmen.

„Ich drehe mich um, damit ich es nicht sehe. Sie lesen irgendeinen Satz und ich sage Ihnen aus welchem Buch die Zeilen stammen. Einverstanden?"

Er wirkte völlig übermütig auf sie, denn während er diesen Vorschlag machte, blitzten seine Augen spitzbübisch, als würde er diese Aufgabe mit links bewältigen.
Gesine nahm ein Buch, las einen Satz und tatsächlich konnte er die wenigen Worte zum richtigen Titel einordnen.
„Sie können diesen Versuch beliebig erweitern, auch mit Büchern, die ich vor längerer Zeit ausgeliehen habe!"
Daraufhin schaute sie auf die Karte, holte eines der Bücher und ... wieder Treffer!
Es war schon verwunderlich, auch ein bißchen beeindruckend.
R. M. erwartete mit Sicherheit donnernden Beifall.
Sie spendete ihn.
Bei solch einem Erfolg strahlte er über das ganze Gesicht.
Und irgendwie fand sie ihn dabei eine kleine Winzigkeit sympathisch.
Das galt auch als höchstes der Gefühle, was sie für ihn entdecken konnte. Als äußerst feinfühliger Mensch entging ihm dieser leise Sinneswandel nicht.
Seit diesem Nachmittag erschien er nämlich täglich.
Nach dem Motto steter Tropfen höhlt den Stein, brachte er immer eine Kleinigkeit mit. Gesine stopfte diese Dinge alle in ihren Schreibtisch. Auf keinen Fall wollte sie die Sachen mit nach Hause nehmen. Mit Sicherheit hagelte es dann wieder reichlich Ermahnungen...
Überhaupt erzählte sie kein Sterbenswörtchen von den täglichen Besuchen des R.M. mit der langen Nase, der weißen, fast wächsernen Haut und den knochigen, stets leicht feuchten Händen.
Vielleicht weil Gesine begann, sich an die täglichen Besuche zu gewöhnen.
Eines nachmittags, als er mal nicht erschien, erwischte sie sich dabei, wie sie immer und immer wieder zur Türe

schaute, ob er nicht käme. Und wie sie sich an ihn gewöhnt hatte, denn er wußte eine ganze Menge vom wirklichen Leben.

Sie hörte ihm gerne zu.

Und wie er erzählte, wußte er auch das Leben zu genießen, für Gesine ein ganz neuer Aspekt. Ihre Neugierde wuchs. Als er wieder mal zum Kaffee einlud, sagte sie kurzentschlossen zu.

Welch ein Nachmittag, angefüllt mit Gesprächen und interessanten Gedanken. Nach dem Kaffee gingen sie sogar noch ein Stück im Park spazieren.

R.M. erzählte so lustige Geschichten, daß sie nur herzhaft lachen mußte.

Soviel gelacht hatte sie noch nie in ihrem Leben. Und weil das soviel Spaß machte, traf man sich öfter.

Eines Tages, sie liefen gerade mitten in die schützende Laube einer riesigen Trauerweide, blieb ihr Begleiter plötzlich und abrupt stehen, hielt sie bei den Schultern und schaute ihr fest in die Augen:

„Fräulein Gesine, ich liebe Sie!"

Danach blieben sie beide wie hypnotisierte Kaninchen auf einem Fleck stehen. In Gesine stieg glühende Hitze auf.

Zum ersten Mal im Leben sagte ein Mann solche Worte. Wie hatte sie von diesem Augenblick geträumt, über den sie in den vielen Liebesgeschichten gelesen hatte.

Es fuhr ihr bis in die tiefsten Bereiche ihres Empfindens. Eigentlich sollte sie ja nun jubilieren, daß es weithin zu hören sei.

Aber leider empfand sie kein Jubilieren, nicht einmal die kleinste Freude. Fürchterliche Angst machte sich in ihr breit, denn genau in der Sekunde als R.M. ihr diese Eröffnung machte, spürte sie absolut keine Liebe.

Nach wie vor reichte es nur für das winzige Fünkchen Sympathie.

Somit fand die Geschichte wohl ein Ende, denn dieser Mann sah mehr in ihren Zusammenkünften. Immer noch hielt er sie an den Schultern, er erwartete eine Erwiderung.
Stumm senkte Gesine den Blick.
„Ich liebe Sie wirklich, ich möchte Sie heiraten! Ich meine es ernst!"
Stumm schüttelte Gesine den Kopf.
Nein, nein, nicht...
Wie kam dieser Mann überhaupt auf solch eine Idee, sie hatte ihn zu nichts ermutigt.
Was sollte sie antworten?
Deshalb blieb sie stumm, so konnte sie ihm nicht weh tun.
Als bliebe ihm ihr Schweigen unbemerkt, hielt er weiterhin ihre Schultern fest gefaßt. Nach einer Weile begann er sogar sie langsam an sich heranzuziehen. Doch sie wand sich aus seinen Händen, lachte verlegen und lief den Weg entlang.
„Ich glaube, ich muß heim!" meinte sie entschuldigend.
Seit diesem Tag vermißte sie die Unbekümmertheit, die sonst über ihren Zusammenkünften lag.
Von nun an begann Gesine jedes Wort zu überlegen was sie sprach, doch R.M. zeigte sich völlig ungerührt in seinem Verhalten.
Er warb weiter um sie, umschwärmte sie, brachte nach wie vor kleine hübsche Dinge mit und in regelmäßigen Abständen gingen sie in ein hübsches Lokal.
R.M. setzte voll auf Beharrlichkeit und gewann.
Denn Gesine wußte bald selbst nicht mehr wann es mit ihr passierte, da wurde aus R.M. tief in ihrem Herzen Robert. So wie er sie umsorgte und sie verwöhnte, konnte man sich nicht wundern, daß sie erlag.
Irgendwann zog sie nicht mehr ihre Hand unter der seinen weg, wenn er über den Tisch hinweg nach ihrer faßte.

Auch erschienen seine Hände nicht mehr so feucht, das Gesicht nicht mehr blaß, die Haare nicht mehr dünn und wenn sie näher hinsah, hatte er eigentlich keine Hakennase, sondern klassische griechische Konturen.

Im Gegenteil, sie ertrug es gern, wenn er ihr Gesicht in beide Hände nahm, ganz sanft sie an sich zog und überaus weich und zärtlich ihre Lippen küßte, ganz leicht, kaum spürbar.

Als er sie wieder einmal voller Liebe an sich zog, gab sie seinem Drängen nach und schon fanden sie sich in wilder Umarmung und leidenschaftlich heißen Küssen wieder.

In jenem Moment erwachte Gesine, sie begriff, daß Schönheit nicht alles ist.

Der innere Kern mußte stimmen. Ihr Robert, ein Mensch voll guter Gedanken, würde sie, Dank seiner Erfahrung, auf die Ebene des Erlebens führen, von der sie so sehnsuchtsvoll träumte.

Gleichzeitig sah sie auch ihre Chance, endlich ihr eigenes Leben zu führen, fern vom beengenden Elternhaus. Von diesem Tag des Begreifens an, bedeutete ihr Robert alles.

Als dann der Zeitpunkt kam, die Eltern von ihrer Verbindung zu unterrichten, folgte allerdings noch eine Reihe schwerer Stunden. Mutter weinte, Vater stöhnte und im Grunde genommen wußte am Ende keiner so recht, was es eigentlich an dieser Verbindung auszusetzen gab, außer, daß der Bräutigam erheblich älter war.

Irgendwie fühlte sie sich vom Schicksal zur Eile getrieben, als könnte sie etwas verpassen. Dabei war sie blutjung, gerade zwanzig Jahre alt. Also wurde schnellstens geheiratet!

Spätestens nach der Hochzeit akzeptierten auch die Eltern die Verbindung.

Denn als Überraschung entführte der Bräutigam die junge Frau ins eigene Haus.

Weiß, mit grünen hölzernen Fensterläden und einem hübschen Blumengarten.
Den Eltern blieb derart die Spucke weg, daß von Stund an kein kritisches Wort mehr über ihre Lippen kam.
Zum Erstaunen des Vaters entpuppte sich Robert als gut verdienend.
Als dann noch innerhalb von drei Jahren zwei entzükkende Kinder geboren wurden, konnte man kaum sagen wer sich glücklicher zeigte, die Eltern oder die junge Frau.
Gesine erfüllten die beiden Kinder voll und ganz.
Nur manchmal, wenn die beiden schliefen und sie Zeit zum Denken fand, fragte sie sich ein bißchen, wo eigentlich das kleine Stückchen Freiheit abgeblieben sei.
Und wo lauerte das große ereignisreiche Leben?
Sollte sie nur von einem grauen Gefängnis nahtlos in einen goldenen Käfig geschliddert sein.
Wenn sie solche Gedanken überfielen, ging sie sehr konsequent mit ihnen um und fegte sie einfach weg, denn schließlich besaß sie den gütigsten Mann der Welt.
Robert verfügte über wenig Freizeit, oft arbeitete er bis tief in die Nächte hinein, denn bei so einer Filmfirma gab es eben keine geregelte Arbeitszeit.
Trotzdem kümmerte er sich rührend um seine drei Weiber.
Die wenigen Stunden, die ihnen gegönnt waren, erfüllten sie mit Zweisamkeit, guten Gesprächen oder Ausflügen mit den Kindern.
Robert vergötterte seine Töchter. Er hatte auch allen Grund dazu, denn beide blond, blauäugig und bildschön, ähnelten sie total der Mutter.
Für damalige Verhältnisse im nationalsozialistischen Reich eine sogenannte Bilderbuchfamilie.
Wobei Gesine sich um politisches Geschehen wenig kümmerte, ihr Tag war ausgefüllt, zumal sie als einzige Tochter auch noch bei den Eltern nach dem Rechten sehen mußte.

Gesine schaffte alles.

Und mit Sicherheit wäre die Geschichte bis ans Ende aller Tage so weitergegangen, wenn da nicht merkwürdige Ereignisse das kleine Glück aus der Bahn geworfen hätten.

Es fing ganz harmlos an.

Sonntags beim Mittagessen zwischen Soße und Kartoffeln teilte ihr Robert mit, sein oberster Boß hätte auch sie zu seinem großen Empfang eingeladen.

Nächsten Samstag würde das sein.

So absolut nebenbei teilte er das mit, daß sie es anfangs für einen Scherz hielt. Nie hatte er diesen Chef erwähnt und wenn sie es recht überlegte, erzählte er von Vorgesetzten oder Kollegen kaum etwas.

Bisher hatte er nur von seiner Arbeit mit der Kamera und dem Umgang mit den Schauspielern, unter denen sich sehr viele Berühmtheiten befanden, berichtet.

Bei solchen Schilderungen hing sie förmlich an seinen Lippen. Besonders, wenn er die Querelen hinter der Leinwand schilderte. Zeigten diese Geschichten doch, daß auch schillernde Persönlichkeiten am Ende nur Menschen sind.

Endlich kam Gesine mit dem großen, ereignisreichen, pulsierenden Leben in Berührung.

Bei dieser Gelegenheit würde sie all die wunderbaren Menschen kennenlernen. Vollkommen aufgeregt malte sie sich die tollsten Begegnungen aus.

Gleichermaßen geriet sie, typisch Frau, in Panik:

„Was ziehe ich an!"

Denn große Empfänge gehörten normalerweise nicht zu ihrem Programm.

„Zieh das blaue Kleid an, es paßt gut zu deinen Augen", meinte Robert.

Das blaue Kleid, ihr Lieblingskleid, lag eng am Körper und betonte ihre gleichmäßige, schlanke Figur.

Gesine zeigte sich hoch erfreut über die Einladung und erwartete gespannt den Abend in solch erlauchtem Kreise.

Allerdings mauserte sich die Geschichte sehr schnell zur herben Enttäuschung.

In der prächtigen Villa des Chefs hatten sich in saalähnlichen Räumen unglaublich viele Menschen eingefunden.

Die gesamte Szene erschien wie ein Rummelplatz mit unendlich langen Büfetts, belegt mit edelsten Speisen.

Selbst bis in den parkähnlichen Garten hinein standen riesige Tische angefüllt damit. Ein Heer von Köchen mit großen weißen Hauben auf dem Kopf half den Gästen überfreundlich bei der Auswahl.

Solche Mengen hatte Gesine noch nicht erlebt, sie kam sich vor wie in einem überladenen Film.

Gleich anfangs begrüßte sie tatsächlich besagter Boß.

Gesine fühlte sich dabei wie zu einer Fleischbeschau.

Dieser merkwürdige dicke Mann mit Vollglatze nahm sie doch tatsächlich wie ein kleines Dummchen mit seinen dicken Wurstfingern bei der Hand, drehte sie einmal herum und meinte ohne sie weiter zu beachten, „so eine schöne Frau hätte ich dem Metz nicht zugetraut."

Dabei lachte er, sein Lachen klang spöttelnd, bis bissig!

„Ist sie nicht ein paar Nummern zu jung für Sie. Das ist ja noch ein halbes Kind!"

Gesine fand diesen „Chef" widerlich.

Jetzt verstand sie beinahe, warum Robert niemals von ihm erzählte.

Wie ein kleiner Herrgott spöttelte er über seine Untertanen.

Robert stand beinahe stramm vor ihm, daß er nicht die Hacken zusammenklappte, war alles. So unterwürfig hatte sie ihren sonst selbstbewußten Robert, der alles wußte, konnte, wollte, noch nie erlebt. Das schien ja eine feine

Arbeitsatmosphäre zu sein. Mit solchen Menschen mußte ihr armer Robert, oft bis tief in die Nacht umgehen. Wenn solche Umgebung das tolle große Leben sein sollte, dann war mit ihren Träumen irgend etwas nicht in Ordnung.

Enttäuscht und ratlos über diese Erkenntnisse, stand Gesine an der Seite ihres Mannes.

Während der Chef angeblich lustige Anekdötchen von sich gab, lachten die Umstehenden pflichtbewußt und verkniffen, während manche verlegen von einem Bein auf das andere traten.

Selbst Robert, der sonst immer etwas zu erzählen wußte, hörte betont aufmerksam zu, griente und blieb stumm.

Das war's dann auch schon, denn wirkliche Gespräche entwickelten sich nicht.

Robert gab ihr ein Zeichen, sie wanden sich diskret aus der Gruppe um den Chef herum. Mühsam kämpften sie sich dann durch laut diskutierende Leute, um sich erst einmal mit Getränken und ein paar Happen vom kalten Büfett zu versorgen.

Wie gesagt, solch eine Pracht hatte Gesine noch nicht erlebt, auch kleidungsmäßig ging sie mit ihrem kleinen Blauen hoffnungslos unter.

Doch nicht nur deshalb fühlte sie sich absolut unwohl.

Irgend etwas lag in der Luft, als säße das Schicksal wie eine düstere Spinne lauernd in der Ecke, wartend darauf, daß sich ein kleines Opfer in ihren Fäden verstrickte.

Während sie beide mit ihrem Teller an einen Pfeiler gelehnt die kleinen Köstlichkeiten genießen wollten, gesellte sich eine viel zu grell blondierte junge Frau mit kirschrotem Mund zu ihnen.

Sie begrüßte Robert sehr kameradschaftlich und schwatzte munter auf ihn ein. Mehrfach, jedenfalls immer wenn sie mal nach Luft schnappte, setzte ihr treuer Robert zu dem Versuch an, auf Gesine aufmerksam zu machen.

„Übrigens, liebe Kollegin Beate, wenn ich dir mal meine Frau vorstellen darf!“ unterbrach er irgendwann den Redeschwall.

Blitzschnell drehte sich die kleine Person um und musterte sie sekundenschnell von oben bis unten.

Gesine reichte ihr die Hand.

„Guten Abend!“

Wie eine Schlafwandlerin nahm Beate die Hand.

„Was, Sie sind die Frau vom Robert. Das kann doch nicht wahr sein. Ich wußte gar nicht, daß er verheiratet ist. Du alter Geheimniskrämer!“ drohte sie ihm freundschaftlich.

Beate war für Augenblicke sprachlos und Gesine entging nicht, daß diese anfangs so schwatzhafte, beinahe alberne Person plötzlich ganz nachdenklich wurde.

Man zog sie nicht weiter ins Gespräch, fachsimpelte noch ein bißchen über die letzten Arbeiten und schon ward Beate wie ein kleiner bunter Falter vom Strom der Menge verschluckt.

Ein merkwürdiges Fest, Gesine empfand die gesamte Stimmung als oberflächlich, halbherzig und kalt, am liebsten wäre sie gegangen, sie fühlte sich deplaziert.

Egal wie, sie hatte genug von diesem Spektakel.

„Ich möchte nach ...“,

Gesine erstarb dieser Satz auf den Lippen.

Wer sollte auch zuhören, plötzlich stand sie ganz alleine da. Robert war weg, verschwunden.

Das hatte ihr gerade noch gefehlt.

Wie weit sie sich auch reckte und streckte, sie konnte ihn nirgendwo entdecken.

Anfangs blieb sie an dem Pfeiler stehen, sie hielt es für das Beste, denn nur so konnte man sich wiederfinden. Aber irgendwann wurde es ihr zu bunt.

Langsam begann sie sich, allerdings ohne jegliches Ziel,

durch die Menge zu drängen. Dabei hielt sie weiterhin so gut es ging Ausschau nach ihrem Mann. Es kam ihr vor wie Stunden, Robert blieb wie vom Erdboden verschluckt.

Was war passiert?

Solch ein Verhalten kannte sie nicht von ihrem korrekten, pünktlichen Mann, der alles perfekt gestaltete.

Mit dem Sektglas in der Hand versuchte sie sich beharrlich einen Weg zu bahnen, niemand bemerkte sie, alle schienen durch sie durch zu gucken.

Plötzlich tauchte Robert direkt wieder vor ihr auf.

Sie war so erleichtert ihn wiederzusehen, daß sie gar nicht auf die Idee kam, nach seinem Verbleiben zu fragen.

Er murmelte nur etwas wie:

„Entschuldige bitte, habe da gerade einen Kollegen gesehen, mußte ihn sprechen, warum bist du nicht an der Säule geblieben?"

Da sie sich derart müde fühlte, beschlossen sie heim zu fahren. Der Vorfall wurde nicht weiter diskutiert.

Dieser Zirkus war einfach nicht ihre Welt.

Vielleicht hatte Robert deshalb bisher darauf verzichtet, sie auf solche Feste mitzunehmen.

Das Schicksal sucht sich manchmal seltene Orte, um Geschicke zu lenken.

In diesem Fall handelte es sich um die Damentoilette.

Wie bei Damen üblich, mußte Gesine schnell nochmal verschwinden, bevor sie die Heimfahrt antraten.

Das Örtchen befand sich gleich um die Ecke.

Diesmal wollte Robert direkt an der Türe warten, damit sie sich nicht noch einmal verloren.

Als sie den Vorraum der Toilette betrat, lief sie der kirschroten Beate förmlich in die Arme.

Man lächelte einander zu und Gesine verschwand in einer der Kabinen.

Als sie wieder zurückkam, stand Beate immer noch im Vorraum. Zielstrebig ging sie auf Gesine zu und drückte ihr ein Stück zusammengefaltetes Toilettenpapier in die Hand. Gesine trat einen Schritt zurück, sie konnte sich nicht erklären was das sollte. Angeekelt hielt sie das besagte Stück nur mit den Fingerspitzen.

„Ich habe Ihnen eine Adresse aufgeschrieben, Sie werden schon sehen. Aber das haben Sie nicht verdient, Kindchen!"

Gesine verstand nichts. Und eh sie sich versah, war die bunte Beate auch schon wieder verschwunden.

Wobei Gesine nichts mehr wunderte, dieses Fest bestand wohl nur aus Menschen, die verschwinden und wieder auftauchen.

Jenes Stück Papier brannte wie Feuer in ihrer Handfläche, ganz tief im Innern ahnte sie, daß nichts Gutes damit verbunden sei.

Obwohl sie ihrem guten, treuen Robert ebenso treu alles anvertraute, erzählte sie ganz instinktiv nichts von der Begegnung mit Beate und ihrem seltsamen Geschenk.

Welche Erleichterung, als sie wieder daheim ankamen. Dieses komische Fest hatte ihre gesamten Vorstellungen über Leben und Menschen durcheinandergewirbelt.

Hier in diesen vier Wänden fühlte sie sich wohl, hier blieben Tatsachen Tatsachen. Oder?

Das unselige Stück Papier läutete scheinbar eine völlig neue Stimmung im Hause ein. Zum ersten Mal in ihrer jungen Ehe überfielen sie leise Zweifel.

Mitten in der Nacht stand sie auf, nahm das Papier aus ihrer Tasche und klappte es auf.

Humboldtstr. 87, erster Stock, hatte Beate mit einem Augenbrauenstift drauf gekritzelt, denn Teile der Schrift krümelten bereits ab.

Diese Adresse kannte sie nicht!

Je länger sie die Zeilen las, um so unruhiger wurde sie. Mehr und mehr machte sich sogar Ungeduld breit, deshalb gelang es ihr kaum, bis zum nächsten Tag zu warten.
Die Kinder hatte sie früh zu Bett gelegt.
Also blieb ihr viel Zeit, denn Robert arbeitete gerade mal wieder an einem Projekt, bis tief in die Nacht, wie er sagte...
Den Eltern ging es augenblicklich gut, sie hatte sie gebeten auf die Kinder aufzupassen.
Die Zeit, auf den Stadtplan zu gucken, sparte sie sich. Zielstrebig ging sie zum Taxenstand und stieg ein:
„Humboldtstr. 87 bitte!“
Eine ziemlich lange Strecke, das Taxometer ratterte Zahl für Zahl in die Höhe. Je näher besagte Adresse rückte, um so straffer spannten sich ihre Nerven. Mit keiner Phantasie der Welt hätte sie sich ausmalen können, was sich ihr präsentieren würde.
Bei der Nummer siebenundachtzig handelte es sich um ein vornehmes Jugendstilhaus mit einer kunstvoll verzierten, schweren Glastüre Ein großzügig angelegtes Treppenhaus mit breiten, hölzernen Stufen, die mit roten Kokosmatten belegt waren, führte bis in eine große Glaskuppel hinauf.
Im ersten Stock befand sich glücklicherweise nur eine Tür. „Gebhardt“ stand auf dem Namensschild unter einer verschnörkelten Klingel.
Gesine traute sich erst nicht, darauf zu drücken. Doch nun wollte sie es wissen!
Das Geräusch der Klingel erschien ihr wie ein Schrei, der das gesamte Haus erfüllte.
Ihr Herz schlug wild den Hals hinauf.
Und weil sich erst gar nichts rührte und alles ganz still und leise blieb, erschien ihr der eigene Herzschlag wie lauter Hammerschlag auf einem großen Amboß. In dem Moment, wo sie leichtes Türenklappern in der Wohnung

vernahm, steigerte sich ihre Erregung ins unermeßliche.

Ihr Herz raste dermaßen, als würde es jeden Augenblick aus ihr herausspringen.

Niemand öffnete!

In Anbetracht dessen faßte sie noch einmal allen Mut zusammen und drückte mit nun zitternder Hand noch einmal auf den Knopf.

Wieder dieser schrille Schrei.

Aber jetzt hörte man ganz deutlich drinnen in der Wohnung, wie leicht schlurfende Schritte sich in ihre Richtung bewegten.

Die Türe wurde geöffnet. Und ...

Welch ein Anblick...

Da stand doch tatsächlich ihr eigener Mann in einer langen weißen Unterhose, den zerknitterten Bademantel band er gerade noch zu.

Als er sie erblickte wurde er leichenblaß, so blaß, daß es sich kaum vom Weiß der Unterwäsche abhob. Die spärlichen Haare baumelten verstrubbelt bis weit in die Stirn.

Er blinzelte mit den Augen, ihn blendete das Licht vom Treppenhaus.

„Was ist los?“ fragte eine heisere Frauenstimme im Hintergrund.

Trotz innerer Panik erfaßte Gesine den gesamten Umfang der peinlichen Situation. Denn während sie ihren verdatterten Mann beobachtete, konnte sie auch an ihm vorbeisehen.

Direkt in ein Zimmer mit einem völlig zerwühlten Bett.

Eine zierliche, rothaarige Frau hatte sich die Bettdecke schützend bis ans Kinn hochgezogen und schaute mit großen Augen auf das Geschehen an der Türe.

Die Szene wäre für einen Stummfilm geeignet gewesen, niemand sprach!

Ihr Mann schien stumm vor Schreck!
Die kleine rote Frau aus Angst!
Gesine vor Schmerz!
Solch harte Realität ging durch Mark und Bein. In ihrer Ratlosigkeit war Gesine drauf und dran zu lachen. Aber es blieb ihr wie tausend Nadelspitzen förmlich im Halse stecken.
Obwohl es an der Zeit gewesen wäre, ein paar Fragen zu stellen, bemerkte Robert nur:
„Wie kommst du hierher?"
„Mit dem Taxi!" antwortete sie in einem Tonfall, als wollte sie jeden Moment zu einem Kaffeebesuch eintreten.
Es war einfach die Fassungslosigkeit, die ihr Denken derart lähmte.
Der Mann, der da vor ihr stand, konnte nicht ihr Mann sein, er erschien ihr häßlich und fremd. Aus der Wohnung quoll muffiger Geruch, nach abgestandenem Geschirr, kaltem Rauch und schmutziger Wäsche.
Eine beklemmende Stille lag über dieser makabren Szene.
Irgendwo in einer Wohnung dröhnte ein Radio, Fetzen klassischer Musik waberten herüber.
Weiter verharrten alle drei starr, wie Schauspieler auf einer Bühne, die ihren Text vergessen hatten.
Was hatte sie denn erwartet? Eigentlich ahnte sie ganz tief in ihrem Unterbewußtsein, seit sie dieses widerliche Stück Papier besaß, daß da etwas im Busche sei.
Sie konnte nicht begreifen, daß ein Mensch sich so verstellen konnte.
Daß ein Mensch derart ihr Vertrauen mißbrauchte, was sie ihm ohne Einschränkung entgegenbrachte.
Daß ein Mensch sich in solch einem Loch verkroch und ein bis dahin glückliches Familienleben aufs Spiel setzte.
Vielleicht deshalb hatte sie sich eiligst auf den Weg ge-

macht, die geheimnisvolle Adresse zu erkunden.
Trotzdem fiel es ihr schwer, die Wirklichkeit, die sich hier in allem Umfang bot, zu verkraften.
Selbst wenn sie noch Stunden da gestanden hätte, wären ihr kaum Worte eingefallen, die dieses Geschehen erfaßt hätten.
Innerlich zerrissen, knüllte sie nur angewidert das Stück Papier zusammen und warf es diesem Casanova in Unterhosen vor die Füße.
Als das armselige Geschoß in seine Richtung flog, sprang er zur Seite, vielleicht hatte er in Anbetracht seines schlechten Gewissens gedacht, sie würde mit einer Bombe nach ihm werfen.
Ihr gütiger, wunderbarer Mann, hatte sie belogen und betrogen. Solche Ereignisse kannte sie bisher nur aus Romanen. Schön, sie hatte sich ja immer Szenen pulsierenden Lebens, wie in ihren heiß geliebten Büchern gewünscht, aber solche nicht.
Zudem leisteten sich in ihren Geschichten vornehmlich Abenteurer, kernige Tausendsassa oder bildschöne Männer, die an jedem Finger zehn Frauen führten, solche Eskapaden. Aber doch nicht so ein stinknormaler, nicht gerade von Schönheit geprägter Familienvater. Unglaublich!
Ihr Mann, der ihr ganzes Vertrauen besaß, den sie für absolut ehrlich, treu und redlich hielt, vergaß sich so.
Wie eine Schlafwandlerin kehrte sie heim.
Den Eltern erzählte sie kein Wort.
In ihr tobte absoluter Ekel.
Ekel diesem Menschen gegenüber, dieser Welt, schließlich auch sich selbst gegenüber.
Ihre Liebe schien wie ausgeschaltet, die schönen Zeiten, die sie gemeinsam verbracht hatten, wie ausgelöscht, sie konnte sich nicht mehr erinnern.
Tausend Schwüre, Eide und Versprechungen folgten die-

sem Akt der Enthüllung. Es sei alles ganz anders, als es den Anschein hätte. Diese Frau würde ihm nichts bedeuten. Und sie müsse ihm glauben, daß das einmalig gewesen sei, nie mehr würde er eine andere Frau anfassen.

Am Ende schrie er förmlich aus völlig verzweifelter Kehle:

„Gesine, ich liebe nur dich!"

Es klang alles einen Hauch zu theatralisch.

„Ich flehe dich an, unternimm nichts was du später bereust. Überall kommt mal was vor", während er das mit Inbrunst sprach, kniete er doch tatsächlich vor ihr nieder, umklammerte ihre Beine und steckte seinen Kopf in die Mitte ihres Schoßes.

Dies Bitten und Flehen hatte schon etwas hündisches. Sie stieß ihn weg und zischte wie eine zornige Schlange: „Faß mich nicht an!"

Sollte sie diesen Mann postwendend verlassen?

Nein!

Dazu war sie zu sehr Mutter.

Mit solch einer Entscheidung strafte sie allenfalls die Kinder. Sie liebten ihren Vater heiß und innig, warum sollten sie leiden?

Was nun?

Nichts!

Das Leben ging weiter.

Aber genaugenommen war es kein richtiges Leben mehr.

Von Tag zu Tag sprachen sie weniger miteinander. Man beäugte einander. Gesine merkte, wie sie immer mißtrauischer wurde. Manchmal erwischte sie sich dabei, wie sie wie eine Verrückte sämtliche Taschen seiner Anzüge und Hosen durchsuchte. Wenn sie nichts, außer ein paar Krümeln, fand, fühlte sie sich scheußlich, weil sie sich selbst erniedrigt hatte.

Ihr psychisches Gleichgewicht geriet außer Kontrolle.

Mal schüttelten sie fürchterliche Weinkrämpfe, aber dann taten ihr die Kinder wieder leid und sie gab sich gleich wieder überfröhlich und tollte mit ihnen durch den Garten.

Über die gute alte Freundin, an deren Schulter man sich ausweinen konnte, verfügte sie leider nicht. Und mit ihrem Robert, sonst ihr einziger Vertrauter, sprach sie kaum ein Wort.

Ihre kleine heile Welt war zusammengefallen. Manchmal verfluchte sie die bunte Beate.

Also blieb sie mit ihren Problemen völlig alleine.

Dazu reagierte ihr Körper auf heftigste Weise.

Den Ekel, den sie empfand, ließ ihren Magen scheinbar völlig rebellieren, denn heftiges Erbrechen hielt sie tagelang im Griff.

Als dieser Zustand keine Ende nehmen wollte, quälte sie eine furchtbare Ahnung!

Entsetzlich!

Wenige Tage später blieb kein Zweifel!

Seit dem denkwürdigen Abend hatte sie zwar sofort das Schlafzimmer geräumt, doch die Zeit davor war ja schließlich von schönster Harmonie geprägt.

Sie war schwanger!

Ihr Denken und Fühlen hatte sich durch diesen Vorfall so rapide verändert, daß sie sich oft selbst nicht mehr kannte. Denn kaum hatte sich der Befund bestätigt, beschäftigte sie nur noch ein einziges Ziel, dieses Wachsen in ihr zu verhindern.

Sie malträtierte sich mit heißen Sitzbädern, schüttete sich Unmengen Tees in den Körper, die angeblich abtreibend wirken sollten. Sprang pausenlos von irgendwelchen Podesten, bürdete sich mörderische Lasten auf, schuftete wie ein Tier, nur um diese Schwangerschaft abzuschütteln.

Derart besessen zu töten, richtete sie eines Tages beinah ein

Messer auf ihren Bauch. Als sie nach dem Mordinstrument fassen wollte, fühlte sie sich wie von einer bösen Kraft getrieben.

Schreiend warf sie sich zu Boden, sie bekam Angst vor sich selbst.

Darüber vergingen Tage, Wochen, nichts passierte.

Zu einer Engelmacherin zu gehen, hatte sie Angst, denn zu oft hörte man von einem vermurksten Ausgang.

Mutig ließ sie sich als letze Idee, eigentlich schon aus purer Verzweiflung, eine Treppe von oben bis unten runterfallen. Sämtliche Knochen hätte sie sich brechen können. Doch sie landete unverletzt, wie von Engeln getragen schwebte sie herab und ihrem Bauch ging es weiterhin gut.

Niemandem erzählte sie von ihrem Zustand, es wagte auch niemand danach zu fragen, obwohl sie innerhalb kürzester Zeit zusehends abmagerte.

Blaß, mit dunklen Rändern unter den Augen wirkte sie wie ein Schatten ihrer selbst.

Als die Eltern sie besorgt auf ihr Äußeres ansprachen, wehrte sie schroff jegliche Bedenken ab.

Sie erbrach von früh bis spät.

Insgeheim hoffte sie vielleicht auf diese Weise, die sogenannte Frucht loszuwerden.

Trotz der körperlichen Beschwernisse blieb sie aktiv, versuchte sie den beiden Töchtern gegenüber normal und unbeschwert zu sein.

Woche für Woche verstrich auf diese Weise.

Monat für Monat ging dahin.

Robert hatte in dieser Zeit ein einziges Mal den Versuch unternommen, tröstend den Arm um sie zu legen. Er fühlte sich schuldig an ihrem miserablen gesundheitlichen Zustand. Wie eine Furie hatte sie sich aus seinen Armen gewunden, ihn angeschrien, beinahe angespuckt.

Seit besagtem Tag hatte er sein Leben vollkommen geändert. Beispielsweise kam er wie ein Beamter täglich pünktlich heim.

Wenn es tatsächlich später werden sollte, rief er stets vorher an.

Gesine interessierten diese neuen Tatsachen und Gegebenheiten, über die sie sich zu anderen Zeiten unbändig gefreut hätte, nicht mehr.

Genauso desinteressiert blieb sie an ihrer Schwangerschaft. Dies kleine Ding da drin hatte nicht aufgegeben, irgendwann fing es sogar tüchtig an zu zappeln und zu strampeln.

Und obwohl sie kaum Nahrung zu sich nahm, blieb es seltsam munter. Sie verschwendete kaum einen Gedanken daran, daß sie ein Kind unter dem Herzen trug.

Und mit keiner Faser dieses Herzens konnte und wollte sie je etwas für jenes Wesen empfinden.

Sieben Monate waren bereits vergangen.

Trotz ihrer übermäßig schlanken Figur konnte man bei genauerem Hinsehen eine leichte Rundung des Bauches erkennen.

Jeden Tag, wenn das Wetter es erlaubte, ging Gesine mit ihren beiden Kindern, die beinahe wie Zwillinge wirkten, denn sie waren ja nur knapp ein Jahr auseinander, trotz ihres hübschen Gärtchens, im nahegelegenen Park spazieren.

Überhaupt nahm sie in letzter Zeit den Haushalt, zum Entsetzen ihrer Mutter, nicht mehr ernst.

Robert hatte sich schon daran gewöhnt, sich das Essen selbst zu wärmen. Mitunter blieb der Abwasch einer ganzen Woche stehen. Die Wäsche türmte sich in großen Bergen. Und der Staubsauger hatte hin und wieder lange Pausen.

Gesine waren diese Aufgaben nicht mehr wichtig.

Sie begann sich ein eigenes Umfeld einzurichten.
Und dies tat sie gründlich. Eine riesengroße Kiste Bücher hatte sie sich kommen lassen. Neuerscheinungen, die der Büchermarkt bot.
Hingebungsvoll frönte sie ihrer alten Leidenschaft.
Deshalb ging sie mit den Kindern in den Park, so sah sie das Durcheinander zu Hause nicht und hatte voll ihre Ruhe. Während die Kinder mit Schippchen und Eimerchen im Sand herumpulten vertiefte sie sich, ohne die Aufsicht der Kinder zu vernachlässigen, in ein Buch.
Doch als Gesine an diesem Tag nach einer längeren spannenden Passage zum Sandkasten hinschaute, wo wenige Augenblicke vorher noch ihre Kleinen mit rosa Sonnenhütchen auf ihren dicken Wickelpopos saßen, saß da niemand mehr.
Wie ein Blitz traf es sie vom Scheitel bis zur Sohle:
„Hilfe, meine Kinder!"
flüsterte sie im ersten Schock, um dann ganz laut: „Hilfe!" zu schreien.
Wie leergefegt glänzte der sorgsam gepflegte Rasen.
Sie schaute links, dann rechts den Weg hinunter, weit und breit kein Mensch, geschweige denn ihre Kinder. Am liebsten wäre sie in alle Himmelsrichtungen gleichzeitig gesprungen.
Als erstes hastete sie den breiten Weg mit den Pappeln entlang, denn an einer kleinen Kurve vorbei, bot sich eine große Übersicht fast bis zum Parkausgang.
So leer hatte sie die Anlagen noch nie erlebt, scheinbar versteckten sich alle Leute auf ein imaginäres Kommando in den Büschen. Pfeilschnell drehte sie um und rannte in die andere Richtung. In ihrem Kopf sausten sinnige und unsinnige Gedanken ohne Punkt und Komma hin und her.
Auf diesem Weg begegnete ihr lediglich ein alter Mann.
Sie rannte auf ihn zu.

Das Sprechen viel ihr schwer, denn durch die ungewohnte Lauferei war sie völlig außer Atem.

Der alte Mann deutete auf sein Ohr, sie erkannte sofort ein dickes Hörgerät, was tief in seiner Muschel steckte.

„Sie dürfen nicht so schreien", meinte er seelenruhig als würde er die Panik der jungen Frau gar nicht bemerken.

Gesine konnte nicht leiser sprechen.

Sie schrie weiter: „Meine Kinder, haben sie meine Kinder gesehen?"

Er hatte nicht.

Aber Gesine wartete nicht mehr auf die Antwort, sie lief weiter, schon sah sie am Ende des Weges den kleinen Ententeich.

Oh Gott!

Beim Näherkommen entdeckte sie die beiden Ausreißer.

Laut quietschend jagten sie die verstörten Enten in die Flucht. Die Tiere liefen so schnell sie konnten ins Wasser, daß es nur so spritzte. Das Schauspiel bereitete ihnen größtes Vergnügen.

Ganz in ihrer Nähe stand ein Mann. Ihr war noch nicht klar, ob sie diese Tatsache als gut oder schlecht bewerten sollte.

Auf jeden Fall versuchte sie mit letzter Kraft die Kinder zu erreichen. Sie wollte sie bei ihrem Namen rufen, aber ihre Stimme überschlug sich, kein Wort brachte sie mehr heraus.

„Sie brauchen sich nicht aufzuregen, ich stehe schon seit einer Weile hier und passe auf die Kinder auf. Ich dachte mir, irgendwann würden Sie sie schon vermissen. Aber Sie haben so intensiv gelesen!"

„Ich danke Ihnen", zu mehr war Gesine nicht mehr fähig, die Rennerei und die Aufregung hatten sie dermaßen angestrengt, daß sie nur noch mühevoll nach Luft japste.

„Mami, Mami“, schrien ihre Kinder fröhlich.
Sie winkte ihnen zu, aber sie merkte schon, wie die Beine ihr den Dienst versagten.
Als sie erwachte lag sie mitten auf dem Rasen, eine dicke Frau in einem weißen flatterigen Sommerkleid und hochrotem Kopf bemühte sich tapfer um sie, indem sie ihr ein scheußlich riechendes Fläschchen unter die Nase hielt. Es roch so penetrant, daß sie gleich mehrfach niesen und husten mußte.
„Na Gott sei Dank, unser Madamchen ist wieder unter den Lebenden. Sie machen ja Sachen ...!“ meinte die gute Frau mit den dicken Leberwurstarmen.
„Die Kinder“, schoß es Gesine gleich Durch den Kopf.
„Wo sind meine Kinder ...!“
„Pscht, pscht, alles in Ordnung“, ruhen sie sich erst einmal aus.
Doch Gesine war nicht so leicht zu besänftigen, sie hob energisch den Kopf.
Der junge Mann, der schon vorher bei ihnen gestanden hatte, trug beide Kinder auf dem Arm und trocknete ihnen die Tränen.
„Hier, sie machen ja Sachen!“
Mit diesen Worten legte sie Gesine ein in eine Jacke gewickeltes Etwas in den Arm.
„Keine Angst, der Krankenwagen muß jeden Augenblick hier sein! Ich habe getan was ich konnte!“
Tatsächlich quäkte ein winziges Stimmchen in dem Stoffgewühl vor sich hin.
„Ein Junge, ist zwar winzig klein, ich schätze siebter Monat Frühgeburt. Aber zäh ist er, der wird ihnen noch viel Freude bereiten. Er ist mehr oder weniger auf diese Welt gefallen. Ich habe ihn eigentlich nur noch aufgefangen. Da mache ich ganz friedlich meinen Nachmittagsspaziergang und dann werde ich zur Hebamme gekürt!“

Gesine konnte auf das gut gemeinte Geplapper kaum achten. Zu sehr war sie damit beschäftigt, die Decke auseinanderzuwickeln.

Welch ein Winzling.

Er wirkte wirklich ein bißchen klein geraten.

Aber das schien dem neuen Erdenbürger nichts auszumachen. Wohlig rekelte er sich und gähnte auch gleich mal zur Begrüßung. Denn so ein Sprung auf die Erde strengte ja wohl maßlos an.

Und während sie ihren Sohn inniglich betrachtete, war jegliche Ablehnung vergessen.

Es gab nur einen überglücklichen Gedanken

„Mein Kind!“

Die Tasse

Kinder muß man zu gegebener Zeit in die weite Welt gehen lassen. Meine Tochter hatte ich vor ein paar Jahren bis nach Amerika geschickt.

Damals bekam ich zu Weihnachten folgenden Brief:

Liebe Mutter!

Zum ersten Mal in meinem Leben verbrachte ich ein Weihnachtsfest nicht zu Hause.

Mr. Schmidt hat mir seit ein paar Wochen einen Job in einem vornehmen Altersheim direkt bei New York besorgt. Es ist eine schöne Arbeit, ich muß bei der Verteilung des Essens helfen und hier und da ein paar Handreichungen machen.

Dabei habe ich Jennifer kennengelernt.

Eine Dame, sechsundachtzig Jahre alt, seit Jahren bettlägerig und fast blind.

„Hallo, du bist sicher die Neue", hat sie mich gleich fröhlich begrüßt, als ich ihr Zimmer betrat. Jennifer ist immer fröhlich und guter Dinge, obwohl sie die einzige im Haus ist, die niemals Besuch bekommt.

„Haben Sie keine Familie", habe ich sie mal ganz zaghaft gefragt.

„Doch, doch, wir sind eine große Familie. Drei Kinder habe ich, fünf Enkelkinder. Aber sie sind alle schrecklich beschäftigt. Zu Weihnachten besuchen sie mich ganz bestimmt", versicherte sie mir, „du wirst es sehen!"

Und richtig:

Am Heiligen Abend standen sie alle auf der Matte. Das

Zimmer war plötzlich gerammelt voll. Ein paar Urenkel waren auch schon dabei, denn eins krabbelte lustig kreischend über den Boden, während ein anderes aus dem Kinderwagen krähte. Eine herrliche Familie, nette Leute. Kuchen hatten sie gebacken, Süßigkeiten, herrlichste Leckereien angeschleppt und Weinachtsgestecke mit bunten Vögeln, bunten Kerzen im ganzen Raum verteilt. Es wurde geplaudert, allerdings mehr untereinander, denn Jennifer hörte auch schon etwas schwer, und bei dem Lärm konnte man selbst mit normalen Ohren kaum etwas verstehen.

Jennifer saß mit hochrotem Kopf mitten im Getümmel, küßte Wangen, die man ihr hinhielt, betastete die tollen Geschenke, naschte und schien glücklich. Nach etwa drei Stunden brach die ganze Gesellschaft auf.

Es war wie ein Spuk!

Allein die Flut der Geschenke erinnerte daran, daß alles Wirklichkeit war. Vorsichtig versuchte ich, die Dinge in dem Zimmer einzuordnen, damit man sich wieder bewegen konnte.

Dabei fand ich noch ein verschlossenes Paket.

„Pack du es aus", meinte Jennifer.

Obwohl es mir nicht gehörte, war ich furchtbar gespannt.

„Na, was ist es?" drängelte die alte Dame.

„Eine Tasse, ein großer weißer Porzellanbecher für Kaffee oder Tee. Da steht was drauf!"

„Oh, wie schön", meinte Jennifer, „lies bitte vor."

Ich zögerte einen Augenblick:

„Großmutter, wir lieben Dich", stand da in großen goldenen Buchstaben. Laut und deutlich las ich die Inschrift und stellte die Tasse auf den kleinen Tisch neben ihrem Bett.

Als bliebe die Zeit für Augenblicke stehen, wurde es ganz still in dem bunten Zimmer.

Doch dann nach einer Weile meinte Jennifer ganz stolz:
„Siehst du, das ist meine Familie!"
Und blitzschnell wischte sie die kleine Träne aus ihrem Gesicht, die da gerade kullern wollte.
„Gib mir bitte den Becher."
Mit beiden Händen faßte sie nach ihm, und ich habe in ganz Amerika kaum ein glücklicheres Gesicht gesehen.
Amerika ist schön, aber ich freue mich auch wieder auf mein Zuhause.
Liebe Grüße,
Deine Tochter

Die Hand einer Mutter

Die Hand
einer Mutter
darf nie
zwingen,
drohen,
klammern.
Sie soll nur
sanft halten,
lenken,
führen
und
der Schaukel des Lebens
den
ersten Schwung
geben.

Heißgeliebter Muttertag...

Für viele Mütter ist dieser Tag mit Bergen von Blumen, Pralinen und guten Düften angefüllt.
Mütter aber sind von Grund auf bescheiden, so wünschte sich manche diese erstickende Fülle an Aufmerksamkeit lieber in leicht verdaulichen Portionen über das Jahr verteilt.
Mitunter wird solch ein Tag nämlich zur absoluten Prüfung mütterlicher Nervenstränge, wenn nach oft wochenlanger Stille plötzlich alle Kinder auf einmal wie die Tauben ins Haus flattern.
Friede Freude, Eierkuchen, wabert würziger Kaffeeduft durchs Haus, und lange vermißtes Kinderlachen erfüllt die Räume.
Welch eine Liebe!
Aber wer kann schon dem Charme eigener Kinder widerstehen? Selbst Hund und Katze bleiben geduldig, wenn ungeschickte kleine Patschhändchen ihnen bunte Schleifen umtütern.
Es wird ein Fest um jeden Preis!
Andere Mütter dagegen sehen in diesem Tag die einzige Möglichkeit, einmal das Frühstück ans Bett zu kriegen.
Ich kann mich an solche Einsätze noch sehr gut erinnern.
Meine zauberhafte Tochter riß dann früh morgens die Schlafzimmertüre auf und krähte fröhlich:
„Alles Gute zum Muttertag“, während sie ein voll beladenes Tablett balancierte.
Ebenso fröhlich setzte sie mir die ganze Geschichte auf

den Bauch. Zeit zum Aufrichten blieb mir nicht!
Ziemlich atemlos von der Last auf meinem Körper, bewunderte ich dann erst einmal gründlich aus der Froschperspektive die liebevoll angerichteten Köstlichkeiten.
Üppig, wie bei Hofe, wurde dann serviert.
Mein Kind, von sich selbst überrascht, was es da so mir nichts, dir nichts auf die Beine gestellt hatte, blieb dann voller Spannung auf meiner Bettkante sitzen, um mit großen Augen jeden Bissen zu verfolgen, der in meinem Mund verschwand.
„Schmeckt's? Du kannst ruhig sagen, wenn es dir nicht schmeckt, denn mir ist, glaube ich, ein bißchen viel Salz in die Rühreier gerutscht!" warnte sie mich.
Nie in meinem ganzen Leben würde ich an solch einem Tag Mängel anmelden. Selbst wenn das Salz wie Sand zwischen meinen Zähnen geknirscht und der Toast sich als Holzkohle entpuppt hätte, gäbe ich immer noch glücklich grunzende Laute des Wohlbefindens von mir.
Selbst völlig zähe und verschmurgelte Sonntagsbrötchen und hoffnungsloser Blümchenkaffee ließen mich voller Verzückung dahinschmelzen. Diese viele Liebe und hingebungsvolle Zuwendung, die da drinsteckte, könnte kein noch so goldgelber Buttertoast ersetzen.
Unter solchen Umständen wünscht man sich natürlich sehr schnell, es möge das ganze Jahr über Muttertag herrschen.
Mit Sicherheit ist dieser Tag aber eine gute Übung, füreinander da zu sein.
Wenn dies Kindern und Müttern voll bewußt würde, dann sähe es auf dieser von Gewalt und Terror geprügelten Welt sicher anders aus.
Aber leider scheint im täglichen Leben das „Einander–Achten" mancherorts aus der Mode gekommen zu sein ...!

Die kleine Königin

Für manche Menschen hat das Leben ständig kleine Überraschungen parat. Sie purzeln förmlich von einer extremen Lebenssituationen in die andere.

Bei anderen gibt es irgendwann, meistens wenn es am schönsten ist, einen großen Knall, der das gesamte Leben umkrempelt. Doch danach breitet sich bis ins hohe Alter ein Meer der Ruhe aus, auf dem sie dann in den Schiffchen ihrer Erinnerungen vor sich hindümpeln.

Für Lena traf diese Art der Lebenskurve zu.

Sie herrschte einst als kleine Königin in einem winzigen schlesischen Dorf, denn als Frau des Lehrers genoß sie höchstes Ansehen. Schließlich galt Herbert, ihr geliebter Mann, neben dem reichen Gutsbesitzer als wichtigster Mann in der kleinen Gemeinde.

Das Königreich der beiden umfaßte lediglich einen großen Garten mit ein paar Apfelbäumen und das Schulhaus. Doch für einen Junglehrer mit spärlichem Grundgehalt bedeutete die mietfreie Wohnung schon das reinste Paradies.

Tage voller Normalität legten sich diesem glücklichen Paar förmlich vor die Füße.

Und Lena nahm sich dieses Glück, so wie sie anfangs ihren Herbert genommen hatte.

Obwohl es sich bei ihr schon um ein bißchen spätes Mädchen gehandelt hatte, war er ihre erste große Liebe, ihr allererster Mann, niemand hatte sie je vorher berührt.

Selbst in Zeiten der Trennung, denn Herbert mußte manchmal für Wochen in eine andere Stadt zur Vertre-

tung, hat sie sich nicht auf den winzigsten Flirt eingelassen.
Irgendwann wurde dann geheiratet, drei Kinder wurden geboren, das Glück baumelte scheinbar sorglos über diesem Haus.
Was sollte ihnen passieren.
Plötzlich brach der zweite Weltkrieg aus.
Selbst unter diesen bedrohlichen Umständen wurde anfangs die Welle des Glücks nicht unterbrochen.
Rundum mußten alle Männer in den Krieg ziehen, Herbert blieb verschont.
Doch dann tat's einen Schlag nach dem anderen.
Die älteste Tochter erkrankte an Diphtherie und starb den Eltern förmlich unter den Händen weg.
Lena geriet darüber in schiere Verzweiflung.
In jenen Tagen sah sie das Leben als absolut wertlos an.
Allein die Tatsache, daß die anderen Kinder sie brauchten, ließ sie wieder am Leben teilnehmen. Aber das Schicksal lehrte sie sehr bald, um dieses scheinbar wertlose Leben, hart zu kämpfen.
Es begann damit, daß Herbert eingezogen wurde, gleich an die gefährlichste Front. Von einem Augenblick zum anderen fühlte sie sich trotz der Kinder ziemlich verlassen.
Sie wußte es schon immer, Herbert bedeutete ihr Halt
Und nun das!
Zeiten schlimmster Trennung kamen auf sie zu.
Einzige Verbindung blieben ein paar Briefe, aus denen stets nur ein Wunsch, endlich wieder daheim zu sein, sich widerspiegelte.
Lena zeigte sich tapfer, wuchs an den Aufgaben, die ihr das Schicksal stellte, voller Kraft versorgte sie das Haus und die Kinder. Sie lebte unumstößlich in der Überzeugung, Herbert käme sehr bald wieder und alles würde wie einst, als sie fröhlich mit der ganzen Familie unter den Apfelbäu-

men an frisch gedeckten Tischen Kaffee tranken.
Der Postbote avancierte zum wichtigsten Mann des Tages, verkörperte er doch schließlich den letzten Faden spärlicher Verbindung.
Wenn er endlich einen Brief brachte, öffnete sie stets schon am Gartentor das Kuvert, um die Zeilen nach den Worten „Urlaub“ oder „Rückkehr“ abzusuchen. Jedesmal gereichten solche Nachrichten zu einem Freudensprung.
Betrat Herbert dann endlich das Haus, leuchtete auch ein bißchen der Glanz vergangener Zeiten wieder auf.
Aber die rechte Stimmung wollte nie mehr aufkommen.
Der Krieg und die Tatsache, daß ihr Mann sich wieder den Gefahren da draußen aussetzen mußte, überschatteten die wenigen Stunden. Die Augenblicke des Abschieds zerschnitten jedesmal ein Stück ihrer Seele.
Sie trug nur eine Hoffnung, der Krieg möge endlich zu Ende gehen.
Lange hatten sie nichts voneinander gehört.
Seit Monaten wußte Lena, daß sie ein Kind erwartete.
Trauer und Glückseligkeit über diese Tatsache mischten sich in stetem Wechsel.
Doch je mehr dieser Krieg da draußen tobte, um so mehr mobilisierte sie ihr Tun für ihre Söhne.
Aber das „Draußen“ rückte immer näher.
Viele Dorfbewohner ergriffen die Flucht, luden sämtliche Habe auf große Pferdewagen und entfernten sich Richtung Westen.
Lena fand solch eine Entscheidung verfrüht.
Für sie kam es sowieso nicht in Frage, zumal sie jeden Tag ihr Baby erwartete.
Im Dorf gab es kein Halten mehr. Die Nachricht von dem näherrückenden Feind ließ alle wie die Hasen davonlaufen. Selbst wenn sie wollte, sie hätte es nicht wagen können.

Mitten in einer Nacht, als sich wieder einige auf die Reise machten, begannen die Wehen. Sie gebar ihren dritten Sohn. Glücklicherweise war die Hebamme des Dorfes noch nicht mitgezogen, so blieb sie mit der Geburt nicht allein.

Während man ihr das kleine Bündel in den Arm legte, hörte sie, wie die Bauern mit den Wagen über die Straße rumpelten und ihre Pferde antrieben.

Lena blieb, denn sie fand es unverantwortlich, mit einem Säugling unter dem Arm ins Ungewisse zu laufen. Entschlossen würde sie dem Feind geradewegs in die Augen schauen.

Was wollte dieser auch einer Mutter mit drei Kindern schon tun.

Außerdem hätte sie nicht gewußt wohin, vor allem nicht, ohne Herbert zu informieren.

Näher und näher rückte die Front.

Eines nachts stand sie auf.

Die Kinder lagen friedlich in ihren Bettchen, wie kleine Püppchen, als gäbe es auf der Welt keine Angst und Not.

Als sie sich aus dem Fenster lehnte, strahlte der Himmel übersät von Sternen. Ganz still blieb es, eine wundersame Ruhe herrschte.

Vielleicht die Ruhe vor dem Sturm, durchschoß es ihre Gedanken, denn in der Ferne flammten immer wieder große Lichter auf.

Wenn sie ganz genau hinhörte, dann konnte sie, eben wegen der Stille, leise den Donner der Geschütze hören.

Trotz allem hatte sie keine Angst, sie hielt es für eine Selbstverständlichkeit, daß sie in diesem Haus sicher war.

Schon am nächsten Morgen wurde Lena von merkwürdigem Geklopfe geweckt. Jemand schlug unaufhörlich mit einem harten Gegenstand an ihre Haustüre.

Nur mit einem Nachthemd bekleidet, sprang sie zur Türe

und öffnete. Es war der Bürgermeister. Aufgeregt forderte er sie auf:

„Komm Lena, komm, alle flüchten, pack ein paar Sachen, noch haben wir Pferde, komm", beschwor er sie.

„Ich bleibe!" war Lenas einzige Antwort.

Sie blieb!

Da sollten diese Feinde ruhig kommen, denen würde sie schon erzählen, wer ihr Herbert hier war ...

Ein paar Tage später stand der Feind vor der Tür.

Ein wilder Haufen dreckverschmierter Soldaten, die leider kein Wort von dem verstanden, was sie ihnen entgegenschmetterte.

Da sie keinen Fuß rührte, wollte ihr gleich einer das Gewehr über den Schädel schlagen.

Die Kinder klammerten sich ängstlich an sie und begannen zu weinen.

Lena stand wie versteinert.

Selbst das Weinen der Kinder rührte die Soldaten nicht.

Sie schubsten sie mit dem Gewehr vor sich her.

„Raus, du raus", brüllte einer von ihnen.

Zum Glück tauchte noch einer von den Nachbarn auf, er beruhigte die Soldaten für einen Augenblick und versuchte Lena klar zu machen, daß alles zu Ende sei.

„Lena, du mußt schnell hier raus. Du darfst nur mitnehmen, was du in deinen Händen tragen kannst."

Wut, Trauer und eine unermeßliche Ohnmacht diesem Geschick gegenüber ließen Lena kopflos durch die Zimmer rennen.

Hier schnappte sie eine Decke, schmiß sie wieder hin, dort nahm sie ein Kissen, wickelte das Baby darin ein.

Was sollte sie von all den vielgeliebten Dingen in ihren zwei zarten Händen wegtragen.

Das Baby sah sie dabei als wichtigstes an. Das Fläschchen

und ein bischen Nahrung war alles, was sie mitnahm.
Schnell schüttete sie noch ihre kleine Schmuckschatulle in ein Tuch und steckte es in ihre Manteltasche.
Kaum hatte sie die paar Habseligkeiten zusammengetragen, scheuchten die Soldaten sie unter Androhung von Schlägen wie einen Hund aus ihrem kleinen Schloß.
Sie landete mit ihren Kindern elendig in einer Scheune, der Magen knurrte und es war bitterkalt.
Zorn machte sich in ihrem Herzen breit, welch ein Gott, der dabei einfach zuschaute.
Ihre einzige Hoffnung blieb nun, das Dorf, in dem ihr Elternhaus stand, zu erreichen. Es lag weiter westlich, vielleicht konnte sie dort bleiben.
„Du gehst nicht allein", warnten die Leute, die man mit ihr in der Scheune zusammengetrieben hatte.
„Wir müssen alle beieinander bleiben!"
Lena fand es nicht gut zu bleiben, zuviel hatten die Soldaten drohend mit ihren Gewehren herumgefuchtelt.
Sicher sah es im Dorf der Eltern besser aus.
Bei Nacht schlich sie, während die anderen noch schliefen, weg. So stiefelte sie mutig mit ihrer kleinen Kinderschar durch den Wald ihrem Ziel entgegen.
Aber scheinbar hatte das Schicksal ihre völlige Vernichtung im Sinn, denn schon nach wenigen Kilometern sprangen Partisanen aus den Büschen, überfielen sie und nahmen ihre letzten kleinen Habseligkeiten in Besitz.
Gott sei Dank ließ man ihr die Milch, die Nahrung für das Baby und die Kleidung auf dem Leib.
Jetzt begriff Lena, alles war verloren.
Jeglicher Anspruch, jede Aktion war auf den Augenblick zusammengeschrumpft.
Jeder einzelne Schritt, den sie mit den Kindern vorwärts kam, zählte und wenn sie nachts ein brüchiges Dach über dem Kopf fand und ein bißchen Stroh unter dem Hintern,

dann nahm sie das schon als Wunder. Bei all diesem Geschehen schrie ihr Herz nach Herbert. In Gedanken weinte sie sich an seiner Schulter aus. Zum wirklichen Weinen blieb ihr kein Platz, sie hatte Mühe die verstörten Kinder zu trösten.

Tatsächlich erreichten sie das Elternhaus, aber auch dort ereilte sie sehr bald die Aufforderung: „Raus!“

Wieder galt es zu packen und zu laufen. Diesmal ging es im Treck, Richtung Westen. Himmel und Menschen, ganze Familien mit Kindern und Greisen bevölkerten die Straßen. Manche hatten noch Pferd und Wagen, manche eine Karre oder einen Handwagen.

Aber je weiter sie vorwärtskamen, desto mehr von ihnen mußten laufen und tragen, wie Lena. Denn irgendwann ging das Futter für die Pferde aus und die Tiere blieben erschöpft mitten auf dem Weg stehen. Hier und da brach eine Achse, für Reparaturen blieb keine Zeit.

Der Kampf wurde immer zäher, die Kräfte immer weniger. Kinder und alte Leute wurden krank, starben ohne Hilfe mitten auf der Straße.

Der Tod erstarkte zum täglichen Begleiter, so säumten viele frisch aufgeworfene Hügel zu Hauf den Straßenrand.

Mit jedem Stück, das sie von der Heimat wegtrug, fühlte Lena den Abstieg in einen scheinbar nicht enden wollenden Abgrund. Wenn sie nach oben schaute, leuchtete nur noch zart ihr kleines Schulhaus im Licht der Lebenssonne. Je länger dieser Fluchtmarsch dauerte, um so kleiner wurde dieser leuchtende Punkt und drohte zu verlöschen.

Manchmal keimte der Wunsch in ihr auf, dieses Leben möge insgesamt verlöschen.

Doch gleich zog eines der Kinder an ihrem Ärmel und schon wußte sie, sie hatte noch Aufgaben zu versehen. Vor allem richteten sie Gedanken an ihren Herbert auf... Was sollte der von ihr denken, wenn sie sich so hängen ließ. Allein aus der Vorstellung heraus, wie Herbert die Situationen beurteilen könnte, ergab sich eine innere Zwiesprache, die ihr das Gefühl des Verlorenseins nahm.

Zerrissen, zerlumpt erreichten sie den rettenden Westen, während der Osten hinter ihnen in Schutt und Asche fiel. Tiefer konnten Menschen nicht sinken.

Man hatte ihr die Heimat genommen, alles Hab und Gut und sie gedemütigt.

Schlechter konnte es nicht werden.

Irrtum, es wurde schlechter!

Nicht nur, daß sie sich wochenlang mit ihren Kindern hungernd im Straßengraben gewälzt hatte, wurde jetzt auch noch ihre Würde zertreten, sie mußte sich mit Abfälligkeiten gewisser Mitmenschen abfinden.

„Das ist ihr Zimmer", deutete ihre zukünftige Hauswirtin widerwillig in ein düsteres Loch mit feuchten Wänden.

Die Bewohner jener Region wurden dazu verpflichtet, Räume abzugeben, um die sogenannten Flüchtlinge einzuquartieren. Niemand wäre von solch einer Zwangseinweisung begeistert. Schon gar nicht, wenn man eine in Lumpen gehüllte Frau mit drei völlig abgemagerten Kindern aufnehmen müßte.

So wie das Baby aussah, hohlwangig und dickbäuchig wie ein kleines Gespenst, war nichts fröhliches mehr an ihr zu entdecken.

Lena konnte die „Wirtin" verstehen, als sie an sich herabschaute. An ihren Füßen ersetzten dreckige Lappen die Schuhe. Ihr einst feiner dunkelblauer Tuchmantel war zerrissen.

In vielen Nächten hatte er oft in den schmutzigsten Ecken als Unterlage oder Zudecke gedient. Ihr Haar klebte am Kopf. Mit Sicherheit verbreiteten sie und die Kinder nicht gerade den Duft von frischgecremten Niveapopos. Die kleine Königin des Apfelgartens hatte dieser Krieg zu einer armseligen Bettlerin degradiert. Nichts gab es an ihr, was daran noch erinnerte.

Ihr einziger Besitz blieb das nackte Leben

Komischerweise konnte sie dieses total auf den Boden gedrückt sein nicht sonderlich erschüttern. Der Mensch gewöhnt sich schnell an Gegebenheiten, die nicht zu ändern sind.

Die Tatsache, daß sie sich nach Wochen zum ersten Mal waschen und in ein richtiges Bett legen konnte, ließ nach langer Zeit einen zarten Hoffnungsschimmer zu.

„Hier“, die Wirtin warf ein paar saubere Kleidungsstücke aus sicherer Entfernung ins Zimmer, „das könnte Ihnen und den Kindern passen!“ Mit großem Knall schloß sie auch gleich wieder die Tür, als hätte sie Angst, sich die Pest einzufangen.

Als Lena sich zu den Sachen auf dem Boden bückte, kniete sie nieder und faltete wie automatisch ihre Hände und betete inbrünstig ein kleines Dankgebet.

Insgeheim schickte sie ganz viele Gedanken an ihren Herbert und teilte ihm das Ende ihrer Odyssee mit.

So wie erst jeder Tag immer tiefer ins Verderben geführt hatte, so wurde jetzt Tag für Tag das Leben wieder erträglicher.

Das hieß, ab und an fiel mal im wahrsten Sinne des Wortes eine Kartoffel vom Himmel, dann setzte Lena einen großen Topf Wasser auf, griff zu einer Reibe und teilte diese eine Knolle auf drei Liter Wasser ein. Eine Prise Salz, eine Prise Zucker, wenn vorhanden, und fertig war die Suppe.

Gierig schlürften alle diese Köstlichkeit in sich hinein.

Das war zwar kein Essen, wie es der Mensch braucht, aber der ständig knurrende Magen wurde damit erheblich beruhigt.

Lena durfte sich nicht ihre klapperdürren Kinder anschauen. Wenn sie ihr Baby wickelte, packte sie das pure Erbarmen.

Allein um täglich etwas Milch für dieses Kind zu bekommen, nahm mitunter Stunden in Anspruch. Welch eine Freude, wenn es ihr gelang, irgendwo ein Stück Brot zu ergattern oder vielleicht zwei Mohrrüben.

Als absolutes Zeichen der Umkehr sah sie den Tag, an dem ihr jemand für ausreichend Nahrung eine Arbeit bot.

Es handelte sich dabei um eine Nachtarbeit in einer Spinnerei, so konnte sie tagsüber die Kinder beaufsichtigen.

Niemand kann sich vorstellen, welche Freude ausbrach, als Mutter Lena mit einem ganzen Korb voller Nahrungsmittel in das kleine feuchte Zimmer Einzug hielt.

Wenn Herbert wüßte, wie gut es ihnen wieder ging. Sicher konnten sie auch bald in die Schule zurück, denn der Krieg war inzwischen zu Ende.

Eigentlich mußte man sich jetzt nur noch wiederfinden.

Ganze Völker hatte dieser Krieg durcheinandergewirbelt, da galt es wirklich die Nadel im Heuhaufen zu suchen.

Wo mochte Herbert nur sein?

Wider Erwarten bekam sie ganz schnell eine Antwort.

Als sie gerade einmal mit einem Korb voller Köstlichkeiten wie Weizenmehl, etwas Fett und zwei Eiern im bescheidenen Heim ankam, trugen ihr die Kinder feierlich den „heiligen Brief“ entgegen.

„Post vom Vater“, sprachen sie ehrfürchtig.

Von wem sonst sollte er sein, ein grauer Umschlag mit dem Zeichen der Behörde.

Vor Aufregung zerriß Lena den Umschlag.

„Es wird alles wieder gut, es wird alles wieder gut“, jubilierte sie.

Die Kinder hatten ihre Mutter noch nie im ganzen Leben so fröhlich und ausgelassen gesehen.

Sie fühlte sich leicht, wie in ihren schönsten Sommertagen als Königin des Apfelgartens.
Sie faltete den Bogen auseinander, überflog die ersten Zeilen, nur ganz schnell, um das wesentliche zu erfassen...
„...müssen wir Ihnen mit unserem größten Bedauern mitteilen, daß Herbert ... geb. ... in... am... gefallen ist!"
„... gefallen ist... gefallen ist... gefallen ist!"
Wie ein Automat wiederholte sie diesen Satz, unzählige Male, bis sie verstummte. Kein Laut war mehr zu hören, nur immer und immer wieder bewegten sich ihre Lippen, diesen Satz zu sprechen.
Die Kinder beobachteten aufmerksam die Mutter, verstanden jedoch den plötzlichen Umschwung nicht.
Sie konnten ja nicht ahnen, was diese Nachricht auch für sie bedeutete. Lange starrte Lena auf das Stück Papier.
„Mutter, wir haben Hunger", quengelten die Kinder leise.
„Was schreibt der Vater", fragte der Älteste vorsichtig, denn er begriff schon, daß da irgendwas nicht stimmte.
„Nichts besonderes", sprach Lena und versuchte ihrer Stimme eine gewisse Festigkeit zu geben.
„Jetzt machen wir uns erst einmal Pfannkuchen und lassen es uns schmecken!"
Ohne große Umwege ging sie zum Alltag über, die Kinder wollte sie mit der Realität nicht belasten.
Während sie das Baby wickelte, das Mehl rührte und die wirklich frischen gelben Eier mit Wasser verrührte, schob sie für Augenblicke die ganze angebliche Wahrheit dieses Briefes weit von sich weg.
Trotz der Nachricht blieb ihr Herbert für sie lebendig. Für sie stand einfach fest, dieser Mann, Vater ihrer drei Söhne, konnte nicht einfach so gefallen sein.
Überhaupt, was ging ihn der Krieg an, hier diese Menschen, die ihn über alles liebten, für die hatte er gefälligst da zu sein.

„Mutter, eine Geschichte", baten die Kinder. Lena las, deckte die kleine Rasselbande zu und nahm noch einmal mutig das Schreiben in die Hand, was sie eigentlich nur grob überflogen hatte.

Es gab keinen Zweifel, Herbert war tot.

Wie Tiere waren sie durch Wiesen, Felder und Wälder gekrochen, war das nicht genug? Nun wurde ihr noch der Mann und den Kindern den Vater genommen.

Es klang schon merkwürdig, aber je mehr ihr das Schicksal auflud, um so mehr wuchs ihre Kraft. Sie nahm sich vor, von nun an Vater und Mutter für die drei Söhne zu sein.

Herbert wäre stolz auf sie gewesen.

Von außen gesehen lebte sie auch völlig normal im Jetzt.

Doch innerlich blieb sie die Königin des Apfelgartens. Täglich ging sie gedanklich im Haus umher, täglich schaute sie nach den Blumen im Garten.

Täglich hielt sie Zwiesprache mit ihrem Mann.

Alles was sie tat, geschah in seinem Sinne, nichts was sie nicht mit ihm durchdachte.

Auf diese Weise blieb ihr Reich ein Leben lang in ihrem Herzen erhalten und ihr Herbert wurde im Laufe der Jahrzehnte zu einer Ikone auf dem Altar ihrer Seele.

Muttertag

Welche Freude!
Als sich was in meinem Bauch bewegte –
sich das erste Leben regte.
Dann der Schmerz:
wahrhaftig kein Scherz!
Kaum vorbei:
Der erste Schrei!
Strampeln,
erstes Lachen,
Babyduft –
und in die Hose machen.
All' das war Leben,
mein ganzes Glück:
Voller Sonne denk' ich zurück.
Heute nun
schau' ich mich um –

doch das Telefon steht da,

bleibt

stumm!

Süße Erinnerungen

An manchen Tagen hat man so seine wehmütigen Anwandlungen und plötzlich kramt man in Erinnerungen. Ich war zwar um das Kriegsende herum klitzeklein, aber ich weiß noch ganz genau, wie meine Mutter mit mir durch das total zerbombte Berlin gelaufen ist.

Da ich außer Luftschutzkellern und Trümmerhaufen in meinem kurzen Leben nichts anderes kannte, hielt ich diese Situation für völlig normal.

Zumal Mutter feingemacht wie eine Prinzessin durch dieses Chaos marschierte.

Wunderschön sah sie aus in ihrem grünen, in der Sonne schimmernden Samtmantel mit puscheligem Pelzbesatz und ihrem braunen Schleierhut, der von zwei kleinen wippenden Paradiesvögeln gekrönt wurde.

Stolz wie eine Spanierin schritt sie in ihrer vornehmen Garderobe an staubigen Steinhaufen und verbrannten Häusern vorbei. Dabei hatte sie sich keineswegs so fein gemacht, um den Frieden zu feiern, und Muttertag stand derzeit noch nicht auf dem Programm.

Im Gegenteil, große Trauer hielt sie gefangen. Eine dicke Bombe hatte unser Haus und all unsere Habe kurz und klein geschlagen. Außer ein paar Möbeln, die sie vorher gerettet hatte, und diesem Koffer, in dem sich dieser Mantel und jener Hut befanden, war ihr nichts geblieben.

Ich glaube, ihre deplazierte Eleganz war ihr in diesem Augenblick völlig wurscht. Ihre Gedanken kreisten voller Sorge darum, wie es weitergehen sollte.

Deshalb kehrten wir immer wieder zu dem großen Steinhaufen zurück, der einmal unser Haus gewesen sein sollte. Trotz Samtmantel und Schleierhut pulten wir dann in den staubigen Trümmern herum, ob sich nicht hier und da ein brauchbarer Gegenstand fand.
Eines Tages fanden wir tatsächlich eine kleine braune Milchkanne aus Emaille. Sie war ziemlich zerdeppert, dicke Beulen und Kratzer zierten ihr Äußeres.
Mutter feierte ein tränenreiches Wiedersehen mit diesem altbekannten Gegenstand und ich beschloß, den Henkel der Kanne nie wieder loszulassen.
Niemand sollte uns je diese Kanne wieder wegnehmen. So wie Mutter sich gefreut hatte, hielt sich sie für den kostbarsten Besitz.
Schließlich blieb es das einzige was sich fand.
Laut weinend schrie Mutter dann ihre ganze Not über dieses Elend aus sich heraus.
„Warum, wozu das alles, womit haben wir das verdient", ihre Verzweiflung schien kein Ende zu nehmen. Müde und leise vor sich hin wimmernd ließ sie sich mitten auf den staubigen Steinen nieder.
Augenblicklich spürte ich, sie brauchte mich. Zärtlich und behutsam legte ich deshalb meine kleinen Arme um sie und drückte sie ganz fest.
Irgendwie überfiel mich in diesem Moment schreckliche Angst um sie und um uns.
Und... meine Liebe tat ihr gut, sie schneuzte sich und putzte sehr bald die Tränen ab. Fest entschlossen hat sie dann irgendwann ihren Samtmantel ausgezogen, den Hut auf einen Mauerrest gelegt, mutig einen Spaten in die Hand genommen und damit begonnen, eine kleine Ecke im Garten umzugraben.
Dank ihrer zähen Energie schaffte sie es, denn eines Tages gab es Mohrrüben und Kartoffeln aus dem Trümmer-

garten. Ein alter Birnbaum hatte ebenfalls überlebt, er trug viele Früchte in jenem Jahr. Mutter zählte die Birnen wie Goldstücke und teilte sie so ein, daß sie über den Winter reichen mußten.
Wenn ich heute zurückschaue, muß ich feststellen, tapfer war sie, meine Mutter, wie so viele in dieser Zeit.

Gedanken, die ich in den Himmel schicke

Mutter, Du kannst Dir nicht vorstellen, wie allein und leer ich mich fühle, seit Du gegangen bist.
Traurig, verlassen, verwirrt, ratlos komme ich mir vor.
Manchmal auch wie in einem bösen Traum. Wie kann das sein?
Ganz plötzlich?
Als würde ich morgens wach und es gäbe keine Sonne mehr, oder man nimmt den Himmel einfach weg.
Ähnlich geht es mir mit Dir, Du gehörst zu mir wie meine Arme, meine Beine oder meine Ohren, sie fallen ja auch nicht einfach ab und die Leute sagen: „Tja, so ist das Leben nun mal!"
Meine Ohren könnte ich sogar noch entbehren, aber wie kann man mir einfach Dich wegnehmen?
Meine Mutter tot!?
Nicht mehr da?
Ich rufe nach Dir, doch Du kommst nicht mehr aus

Deinem Haus, Deinem Zimmer. Ich weine, Du hörst es nicht, um mich zu trösten. Die Nachricht von Deinem Tod hat mich bis ins tiefste Mark erschüttert.

Noch nie in meinem Leben ist mir Schrecklicheres passiert und ich kann es Dir nicht einmal erzählen. Wo ich Dir auch heute noch, wie in meiner Kindheit, all meine Erlebnisse als erstes mitgeteilt habe.

Mutter!

Will ich immer wieder rufen und schreien. Meine Mutter ist gestorben und der einzige Mensch mit dem ich darüber reden könnte, der mich verstehen würde, hört mich nicht mehr.

Die Menschen nehmen teil an meiner Trauer, auf ihre Art: „Ach Ihre Mutter ist gestorben?! Das tut mir aber leid. Wie alt war sie denn“, ich zögere stets zu antworten, “fünfundachtzig.“

„Ach, da hatte sie aber ein schönes Alter.“

Das kann ich nicht mehr hören, selbst wenn Du einhundertvierunddreißig geworden wärst, hätte ich Dich niemals hergeben wollen.

Du hinterläßt mich als Dein Kind. Kind war ich immer noch, obwohl es schien, daß ich bereits erwachsen wäre.

Aber für eine Mutter bleibt man immer das Kind.

Viele Jahre habe ich mich dagegen gewehrt, weil ich Dir und der Welt zeigen wollte, was für ein selbständiger Mensch ich bin. Vor allem solltest Du stolz auf mich sein. Als ich von mir selbst ausreichend überzeugt war, habe ich diesen Ehrgeiz aufgeben und es eigentlich sehr genossen, immer noch Dein Kind zu sein.

„Ach was! Herzstillstand einfach so, ganz schnell ist sie gestorben, hat nicht leiden müssen? Welch schöner Tod!“

Wenn man daran denkt, wie schrecklich und erbärmlich mancher alte Mensch sich in seinem dahinsiechenden Körper, dank lebenserhaltender Medizin, bis zum Tod hin quält, warst Du pflegeleicht. Nicht eine Stunde habe ich Dich pflegen müssen. Aber vielleicht hätte es mir gut getan, Dich zu pflegen und langsam Abschied zu nehmen. Immer, egal wo ich hingegangen bin und wenn es nur für eine kurze Weile war, haben wir stets liebevoll Abschied genommen.

Und wenn mal bei uns der Haussegen schief hing, was überall einmal vorkommt, besonders bei zwei temperamentvollen Frauen, dann wurde ein Abschied zum Anlaß der Versöhnung. Und jetzt wo Du nun auf solch große Reise gegangen bist, war ich weit von Dir entfernt. Kein Aufwiedersehen! Verzweifelt habe ich mich daran zu erinnern versucht, was wir bei unserem letzten Telefonat gesprochen haben, zwei Tage davor.

Ich kann mich nur noch erinnern, daß Du mich getröstet hast, weil ich mich über jemand geärgert hatte.

Stolz warst Du auf mich, und „ick liebe Dir" haben wir uns fröhlich einander versichert. Welch ein Trost!

Ja, ja ich bin dankbar, Du hattest einen schönen Tod! Ein schöner Tod, ich kann auch das nicht mehr hören.

Ich weiß nicht ob ein Tod schön sein kann, denn ich weiß Du hattest Angst davor, hattest Deine Zweifel, was danach sein würde. Wie oft haben wir darüber gesprochen.

Ich habe Dich dann damit getröstet, daß wir ganz gewiß nach dem Tode in einer anderen Form weiterleben würden. Ich habe Dich mit dieser Aussicht getröstet, weil ich mir für mich selbst wünschte, daß es so ist.

Denn irgendwann muß auch ich sterben. Obwohl ich davon weiß, ist es mir ebenso unbegreiflich, wie die Tatsache, daß Du bereits gegangen bist!

Es ist jetzt schon etliche Wochen her, aber begriffen habe ich noch nichts!

Immer wieder wälzt sich großer Schmerz tief aus meinem Innern an die Oberfläche des täglichen Lebens, das in seinem beharrlichen Trott weitergeht und geht und geht und geht...

Wenn ich merke ich kann die Zeit nicht anhalten, um mir überhaupt erst einmal klar zu werden, was da geschehen ist, öffnet sich mein Mund und möchte schreien, bis sich Bäume biegen, Berge zusammenbrechen, der Mond vom Himmel fällt und die Scherben mich begraben.

Dies sind Schreie meiner grenzenlosen Ohnmacht.

Wenn sie sich aus mir herauspressen fühle ich mich für kleine Augenblicke erleichtert, um dann aber wieder in den gleichen dumpfen Schmerz hineinzufallen.

Dabei hast Du in mir etwas zurückgelassen, was ich mit einem Gefühl des großen Friedens bezeichnen möchte. Seither fühle ich eine wundersame Kraft in mir, Weite und Leichtigkeit.

Und obwohl Du tot und eiskalt plötzlich vor mir lagst, zeichnete Dein Gesicht keine Angst, keine Furcht. Von Dir ging etwas wissendes, entschlossenes aus, als ob alles Getue um den Tod furchtbar unwichtig wäre.

Für einen winzigen Moment glaubte ich sogar, ich hätte das Licht gesehen, in das Du gegangen bist. Eine Tür öffnete sich, der Raum dahinter war voller Licht. Du bist hineingegangen, doch ehe ich hinter Dir herlaufen konnte, schloß sich die Türe langsam und klappte mir direkt vor der Nase zu. Das wenige Licht was ich davon abbekam, war derart wohltuend, daß ich versuchte, die Tür wieder zu öffnen. Aber sie blieb fest verschlossen und meine Kraft reichte nicht aus, sie zu bewegen. Immer noch, täglich, stündlich fühle ich mich von diesen guten Strömen auf eine wunderbare Weise umgeben.

Ich spüre ganz deutlich, Du umgibst mich, bist bei mir und ich danke Dir dafür. Durch die Erlebnisse der letzten Zeit ist mir klar geworden, dieses Dasein hier ist nur eine Station.

Leben!

Was ist Leben?

Was heißt überhaupt „Leben genießen".

Wenn mir die Menschen sagen, Du hättest ein erfülltes Leben gehabt, frage ich mich: Was ist ein erfülltes Leben? Ich weiß von viel Unerfülltem in Deinem Leben, sei es der frühe Tod Deines Vaters, der für Dich ebenso wichtig war, wie Du für mich.

Armut! Hunger!

Ungerechtigkeit der Erwachsenen, unter der Du besonders als Kind zu leiden hattest.

Früher Schmerz um eine verlorene und betrogene Liebe hat Dich schon sehr bald bis in Deine Grundmauern geprägt.

Liebesverlust und Zärtlichkeitsmangel plus viel seelischer Einsamkeit in einer sogenannten normalen Ehe, die sich zum Alter hin erst zu einer innigen Zweisamkeit entwickelte, haben Dir viel Traurigkeit beschert.

Dann die Last des hohen Alters. Sieben Jahre lang, seit Vaters Tod, hast Du Dich wie auf der Abschußliste gefühlt, das weiß ich heute, habe es bis dahin nur nicht ganz verstanden. Deshalb heute meine Schreie, sie sind Schreie der Ohnmacht, weil ich nichts versäumtes mehr nachholen kann.

Vielleicht brauchen wir Menschen mindestens hundert Jahre, bis wir alles im Griff haben, um reif zu werden, damit wir mit uns fertig werden, um dann andere zu verstehen und ihnen zur Seite zu stehen.

Dabei haben wir uns noch verhältnismäßig viel zur Seite gestanden. Wenn ich nur daran denke, wie Du mit mir an der Hand durch manche schwierige Situation marschiert bist. Heute noch spüre ich Deine feste Hand. Bewundernd schaute ich auf zu Dir, meine Mutter hielt ich für die schönste Frau der Welt. Jetzt in den letzten Jahren, wenn wir in die Stadt gefahren sind, habe ich Dich an die Hand genommen, wie mein Kind.

Deine kleine, müde gewordene Hand fühlte sich an, wie die zarte Kralle eines Vögelchens.

Mutter ich liebe Dich. Ich vermisse Dich mehr, als ich es je für möglich gehalten hätte.

Und weil ich das viele Gerede der Menschen nicht mehr ertrage, von dem erfüllten Leben und dem schönen Tod und„„na ja, sie war halt fünfundachtzig", bleibe ich lieber mit meiner Trauer allein.

Da kann ich, wann und so viel ich will, weinen, ohne daß jemand mir empfiehlt: „Hör auf, dadurch kommt sie auch nicht wieder!"

Bei solchem Trost könnte ich grad in die Luft gehen.

Sind die Menschen wirklich dermaßen gefühllos?

Oder wissen sie nur um den Schmerz, wenn es sie selbst angeht? Auf jeden Fall kann ich mit der Tatsache, daß Du gegangen bist nicht fertig werden und brauche still in meinem Herzen sehr viel Platz für meine Trauer.

„Jeder stirbt für sich allein!"

So allein wie in letzter Zeit habe ich mich noch nie gefühlt. Aber ich fühle mich nicht allein gelassen. Denn ich war Gott und diesem Universum niemals näher, als jetzt.

Vor ein paar Tagen saß ich auf meiner Treppe vor dem Haus, es war Vollmond und viele Sterne blitzten und blinkten am Himmel. Niemand konnte mich sehen und ich habe niemanden gehört und gesehen. Doch fühlte ich mich von einer großen Hand getragen, als gäbe es nur mich allein auf dieser Welt. Gleichzeitig spürte ich wie genau in diesem Augenblick Abermillionen Seelen ebenso allein waren, zum Himmel schauten und sich gleichermaßen in Gottes Hand geborgen fühlten. Wie die Blüten an einem Kirschbaum, alle haften sie an dem einen Baum und doch hat jede Blüte ihren eigenen Werdegang. Eine wird irgendwann eine knackige Kirsche, eine erfriert schon als Knospe, wieder eine andere wird nicht von der Biene bestäubt und fällt unbefruchtet ab, die nächste reißt der Wind vom Stengel....

In solcher Art kreisen meine Gedanken, mal in kleinem oder größerem Bogen um Dich, um mich und unser gemeinsames Leben.

Auf diese Weise gelingt es mir vielleicht langsam zu begreifen, daß ich jetzt meinen Weg allein weitergehen muß, ob ich will oder nicht.

Deshalb bleibt mir nur eins, mit all Deinen Gedanken, die Du mir mit auf den Weg gegeben hast, auch einen guten Weg zu finden.

Dabei lebst Du in meinem Herzen weiter und ich hab Dich schrecklich lieb...

Der Ring meiner Mutter

Man muß nicht unbedingt zum Friedhof gehen, um an liebe Verstorbene zu denken. Schließlich hat man mit ihnen viel Zeit gemeinsam verbracht, so leben sie im Herzen weiter.

Und obwohl man weiß, daß sie verstorben sind, gibt es Augenblicke, da kann man es, obwohl schon Jahre darüber hinweggegangen sind, überhaupt nicht begreifen, daß es die geliebten Menschen nicht mehr geben soll.

Solche Gefühle überfielen mich, als ich auf dem Friedhof ein bißchen das Grab der Eltern in Ordnung bringen wollte, damit zum „Totensonntag“ alles gut aussieht. Ganz merkwürdig wurde mir zumute, denn als würden sie noch leben die Eltern, sind doch viele Worte, Ratschläge, Mahnungen und Lebensweisheiten bis zum heutigen Tag immer noch im alltäglichen Bewußtsein wach geblieben.

Nun stand ich da vor diesem kleinen Blumenbeet und als sollte es mir endlich klar werden, leuchteten die großen Buchstaben, die in den schwarzen Stein eingefräst waren, mehr als sonst.

Und damit mir auch ja keine Zweifel kämen, daß alles nicht der Wirklichkeit entsprach, fiel mein Blick wie zufällig auf meine rechte Hand, an der der Ring meiner Mutter blitzte. Ich hatte ihn geerbt, trug ihn seitdem, doch an der Hand meiner Mutter gefiel er mir weitaus besser.

Mutter hatte wunderschöne Hände, folglich wirkte dieses Schmuckstück auch ganz anders. Zudem waren sie nicht

nur von der Ansicht her schön, sie wußte sie auch wirkungsvoll zu bewegen.
Bereits als Kind hatte ich einen Blick dafür. Egal ob sie Kartoffeln schälte, einen Scheuerlappen über den Schrubber legte, eine Torte verzierte oder ihre zauberhaften Blümchendecken stickte, es lag soviel Anmut in ihrem Tun, daß ich manchmal einfach nur mit den Armen auf dem Küchentisch lümmelte und ihr stundenlang dabei zusah, wie sie den Hefeteig mit aller Kraft bearbeitete.
Gleichzeitig beherrschte sie noch die Kunst, während dieser Arbeit, interessante Geschichten aus ihrer Kindheit zu erzählen. An jede kleine Einzelheit erinnerte sie sich und ich konnte mir so richtig alles vorstellen.
Während ihre Hände ab und an in dem riesigen Teigklumpen verschwanden und auch wieder auftauchten, verstand ich es, sie bis auf den Grund auszufragen.
Bereitwillig gab sie mir auf alle Fragen eine Antwort, denn sie erzählte gerne aus ihrer eigenen Vergangenheit.
Den hübschen kleinen Ring hat sie allerdings zu solchen Arbeiten abgestreift und in ein kleines Schälchen auf dem Küchenschrank gelegt.
Wie Kinder sind, habe ich auch mal nach dem Ring gegriffen und so ein bißchen damit herumgerollt.
Da wurde Mutter aber schrecklich energisch: „Finger weg, das ist kein Spielzeug, den habe ich schon von meiner Mutter geerbt. Wenn ich mal tot bin, dann wirst Du ihn weitertragen!"
Wenn Mutter so etwas sagte, klang das, als ob die Sache mit dem Tod die einfachste und unkomplizierteste Angelegenheit der Welt sei.
Deshalb war ich davon überzeugt, es handelte sich nur um Gerede, denn nach meinem damaligen Verständnis, konnte es niemals passieren, daß meine Mutter jemals stirbt.

Wenn ich ganz ehrlich bin, erfüllte mich noch die Überzeugung, selbst als sie starb.

Deshalb erinnere ich mich auch ganz deutlich, wie sich in meine Trauer auch eine große Verwunderung mischte. Verwunderung darüber, daß der Tod solch große Gewalt hatte, die Hände meiner Mutter bewegungslos zu machen.

Dabei hatte sie doch immer schrecklich viel zu tun und das sollte alles auf einen Schlag völlig unwichtig geworden sein?

Schließlich zog man ihr den Ring vom Finger, gab ihn mir und nun glänzt er an meiner Hand.

Vielleicht soll er mich nur daran erinnern, wie kostbar das Leben ist und daß jeder Tag es verdient besonders beachtet zu werden.

Denn wie schnell kann es gehen, daß zwei Hände ineinandergelegt werden, um für ewig zu ruhen.

Name ______________________________

Straße ______________________________

Wohnort ______________________________

Hiermit bestelle ich: (jeder Titel 9,80 €)

____ »Tor zum Paradies« (Gedichte) ______ €

____ »Was macht der Sand am Strand« ______ €

____ »Mittendrin und doch daneben« ______ €

____ »Im Po Sand« ______ €

____ »Schmetterlinge im Dezember« (Gedichte) ______ €

____ »Gänseblümchen haben kleine Flügel« ______ €

____ »Ein Flügelschlag Gedanken« (Gedichte) ______ €

____ »Möwenklecks und Muschelkuß« ______ €

____ »Gestreift, getupft und dreimal schwarzer Kater« ______ €

____ »Brigittes Landleben« ______ €

____ »Ein Hauch Freudentränen« (Gedichte) ______ €

____ »Plausch am Zaun« ______ €

____ »...denn ich bleib' immer Deine Mutter« ______ €

Porto und Verpackung + 1,80 €

Gesamtsumme ______ €

☐ bar anbei ☐ Scheck anbei

☐ Überweisung (Durchschrift mit Bankstempel anbei)

Sparkasse Marburg-Biedenkopf (BLZ 533 500 00), Kto. 11 60 155 201

Verlag B. Koischwitz · Am Hanig 15 · 35075 Gladenbach